हिन्द पॉकेट बुक्स

छलना

मैक्सिम गोर्की तत्कालीन सोवियत संघ के प्रसिद्ध लेखक तथा राजनीतिक कार्यकर्ता थे। उनका असली नाम अलिक्सेय मक्सीमविच पेश्कोव था। उन्होंने समाजवादी यथार्थवाद नामक साहित्यिक परिभाषा की स्थापना की थी।

उनका क्रांतिकारी उपन्यास *माँ* जिसे ब्रिटिश भारत में पढ़ना अपराध था, यथार्थवादी आंदोलन का सजीव घोषणा-पत्र है। वे दो बार रूस से बाहर रहे। परंतु सोवियत संघ वापस आने के बाद उन्होंने उस समय की सांस्कृतिक नीतियों का समर्थन किया, जिसके कारण सरकार नाराज हो गई और उन्हें फिर कभी देश से बाहर जाने की आज़ादी नहीं मिली।

छलना

रुसी-साहित्य के महान् पितामह गोर्की के विश्वचर्चित
उपन्यास *मालवा* का हिन्दी अनुवाद
और दो मार्मिक कहानियां

गोर्की

हिन्द पॉकेट बुक्स
एक पेंगुइन रैंडम हाउस कंपनी

हिन्द पॉकेट बुक्स

यूएसए । कनाडा । यूके । आयरलैंड । ऑस्ट्रेलिया
न्यू ज़ीलैंड । भारत । दक्षिण अफ़्रीका । चीन

हिन्द पॉकेट बुक्स, पेंगुइन रैंडम हाउस ग्रुप ऑफ़ कम्पनीज़ का हिस्सा है,
जिसका पता www.hindpocketbooks.com पर मिलेगा

हिन्द पॉकेट बुक्स
पेंगुइन रैंडम हाउस इंडिया प्रा. लि.,
सातवीं मंजिल, इनफिनिटी टावर सी, डी एल एफ साइबर सिटी,
गुड़गांव 122002, हरियाणा, भारत

हिन्द
पॉकेट
बुक्स

प्रथम हिन्दी संस्करण हिन्द पॉकेट बुक्स द्वारा 1955 में प्रकाशित
यह हिन्दी संस्करण 2020 में प्रकाशित

10 9 8 7 6 5 4 3 2 1

इस पुस्तक में व्यक्त विचार लेखक के अपने हैं, जिनका यथासंभव तथ्यात्मक सत्यापन किया गया है, और इस संबंध में प्रकाशक एवं सहयोगी प्रकाशक किसी भी रूप में उत्तरदायी नहीं हैं।

ISBN 9789353496326

मुद्रक : रेप्लिका प्रेस प्रा. लि., इंडिया

www.hindpocketbooks.com

FSC www.fsc.org
MIX
Paper from responsible sources
FSC® C016779

परिचय

कुल 24 साल का मज़दूर था। लंबा-चौड़ा नाम-अलेक्सेई मक्सिमोविच पेशकोव। सन् 1892 में उसकी पहली रचना छपी। उपनाम था—मक्सिम गोर्की। इतनी-सी उम्र में श्रम, संघर्ष और अनुभवों ने उन्हें इतना समृद्ध बना दिया था कि लेखन के क्षेत्र में उतरे तो उनको चुनौती देने वाला कोई नहीं था। पहले के लेखक भौंचक्के थे और उनके समकालीन हैरान। वह शायद अकेले ही थे, जो शीघ्रता से साहित्य के विश्व शिखर को छू लिया।

वह 19 वर्ष के थे, तब आत्महत्या करने का प्रयत्न किया था। उन दिनों वह एक नानबाई की नौकरी करते थे। असल में मेहनत-मशक्कत और जटिल परिस्थितियों ने उन्हें कभी विचलित नहीं किया। वह तो ऐसी-ऐसी पुस्तकें पढ़ चुके थे कि उन्हें लगने लगा था कि आज़ादी प्राप्त की जा सकती है। तब वह जेलख़ाने जैसे तलघर में काम करते थे। उन्हीं दिनों कज़ान के छात्रों ने गतिविधियां तेज़ कर दीं। उनमें गोर्की के दोस्त लेनिन भी थे। उनसे कहा गया—'इन उद्यमी छात्रों को जाकर मारो !' गोर्की एकदम हताश हो गए। आज़ादी के लिए लड़ने वालों के साथ वह ऐसा बरताव कैसे कर सकते थे !

...और उन्होंने अपने को गोली मार ली। वह तो ग़नीमत हुई कि गोली दिल पर नहीं लगी, वरना आज हम विश्व साहित्य की महान् धरोहर गोर्की का नाम भी न जानते; और न ही उनसे कथा-सम्राट प्रेमचंद की तुलना कर रहे होते। इस हादसे ने उन्हें बहुत बड़ा सूत्र दिया कि हताश होना लज्जा का विषय है। कठिन जीवन को बदला जा सकता है। उसे बदलने का अनथक प्रयत्न भी करना चाहिए। बस, फिर क्या था ? गोर्की तो ऐसे लोहपुरुष बने कि ज़िंदगी में उन पर बहुत पहाड़ टूटे, पर कभी विचलित नहीं हुए।

सन् 1891-92 में भयानक अकाल पड़ा। उस समय गोर्की लेखक नहीं थे, पर उन्होंने देखा कि टॉल्सटॉय और चेखव जैसे लेखक भूखे-प्यासों की मदद कर रहे हैं। तब तो गोर्की स्वयं अकाल पीड़ित थे। वह उन्हीं के साथ बहुत जगह घूमे और संदेह में भारी यातनाओं को झेलना पड़ा, पर इससे उनके विरोध का स्वर और भी गहरा और धारदार बना।

वोल्गा तट के आस-पास के प्रांतों की पत्र-पत्रिकाओं में वह छपते रहे। सन् 1898 में उनके 'शब्दचित्रों' और कहानियों के संग्रह छपे, तो उन्हें हाथों हाथ लिया गया और वह समकालीन लेखकों की पहली कतार में शामिल हो गए। उनके उपन्यास 'फ़ोमा गोर्देयेव' ने टॉल्सटॉय के 'पुनरुत्थान' जैसी ख्याति पाई। फिर छपा 'तीन' और फिर नाटक लिखने लगे। 'तलछट' भी खूब सराहा गया। अब तो गोर्की के नाम ने अपने देश की सीमाएं लांघ दी और दुनिया के आकाश में जगमगाने लगा।

14 मार्च, 1868 को जन्मे गोर्की ने उत्कृष्ट कहानियां भी लिखीं। 'मेरा साथी' और 'बुढ़िया इज़र्गिल' सारी दुनिया में प्रसिद्ध हैं। सन् 1901 में एक नाटक लिखा 'टक्कर' जो दबे-हारे-कुचले लोगों के लिए प्रेरणा स्रोत था। वह सदैव असाधारण रचनाएं लिखते रहे। ऐसी कृतियों के सर्वोच्च शिखर पर खड़ा है सन् 1906 में लिखा उनका महानतम उपन्यास 'मां'। केवल इसी उपन्यास के लिए कहा जा सकता है कि जिस रचना के पाठक पीढ़ी-दर-पीढ़ी करोड़ों की संख्या में हों और जिसने सारी दुनिया के असंख्य लोगों के दिलो-दिमाग़ पर सीधा असर डाला।

उन्होंने आत्मकथात्मक उपन्यास भी लिखे। 'बचपन', 'जीवन की राहों पर' और 'मेरे विश्वविद्यालय' में गोर्की की आत्माभिव्यक्ति है, जटिल जीवन और उसके साथ सीधे दो-चार होने के कड़वे-कसैले अनुभव हैं। इनमें वह अपने को उकेरते हैं, इसलिए इनकी विश्वसनीयता पर शक की कोई गुंजाइश नहीं है; और इसीलिए मनुष्य मात्र के लिए ये प्रेरणा की पुस्तकें हैं।

गोर्की की आख़री कृति है 'क्लिम समगीन की ज़िंदगी'। यह 4 खंडों में वृहदाकार उपन्यास है। यह रचना वास्तव में एक ऐतिहासिक घटना बन गई, क्योंकि ऐसी चीज़ों का वर्णन अपने आप इतिहास के स्वर्ण अक्षरों में चला जाता है। इसे विश्व कथा-साहित्य की महानतम रचनाओं में स्थान दिया गया। ज़िंदगी के आख़री सालों में तो वह जैसे जुनून की हद से गुज़र गए थे। उन्होंने एक-एक कर कई बड़ी रचनाएं दीं। 'येगोर बुलिचोव और अन्य', 'दोस्तिगायेव तथा अन्य' और 'वास्सा जेलेज़्नोवा' इनमें गिनी जाती हैं।

सन् 1921 में लेनिन ने अनुरोध किया, तब जाकर इलाज के लिए विदेश गए। बीमारी वही थी, आत्महत्या के लिए चली गोली, जिसने फेफड़े को ज़ख़्मी कर दिया था। इस ज़ख़्म से उन्हें टी. बी. हो गई थी, जिससे वह वर्षों से जूझ रहे थे, पर यह जूझने की शक्ति भी क्षीण होती चली जा रही थी। तब सोवियत संघ बन गया था और नव-निर्माण हो रहा था। वह देश आने को होते, पर बीमारी के कारण इटली लौटना पड़ता। सन् 1933 में उन्होंने पूरी तरह फ़ैसला कर लिया कि अब 'अपने घर वापस लौटेंगे।' ऐसे हालात में भी वह फ़ासिस्टों का घोर विरोध करने वाले प्रचारक बने और विश्व शांति के लिए आंदोलन में ज़बरदस्त सक्रियता निभाई। उन्हें लग रहा था कि दूसरा विश्व युद्ध होगा। इससे बहुत विचलित थे। मृत्यु से पूर्व वह बेहोश हो गए और बेहोशी में ही बड़बड़ा रहे थे, "...युद्ध होंगे...तैयारी करनी चाहिए."...वास्तव में ये शब्द युद्ध की तैयारी के नहीं थे। वह तो विश्व की शांति के लिए आवाज़ बुलंद कर रहे थे। सही मायने में वह मनुष्य

मात्र की स्वतंत्रता और अस्मिता की रक्षा के प्रबल पक्षधर थे। वह देश रक्षा को आत्मरक्षा की तरह मानते थे।

सन् 1968 में सारी दुनिया-भर में गोर्की महान् का जन्म-शताब्दी समारोह मनाया गया था। वह आज भी अपने साहित्य द्वारा ज़िंदा मिसाल हैं और करोड़ों-करोड़ पाठकों के लिए प्राणों की ऊर्जा हैं।

❐

क्रम

उपन्यास

कहानियां

छलना

समुद्र हंस रहा था।

हल्की, उमस भरी हवा का स्पर्श पा वह कांप उठता, और नन्हीं-नन्हीं लहरों से, जोकि सूर्य की किरणों को चौंधियाने वाली चमक के साथ प्रतिबिम्बित कर रही थीं, ढंककर वह नीले आकाश पर सहस्रों रजतोज्ज्वल मुस्कानों के साथ मुस्करा रहा था। आकाश और समुद्र के मध्य का अनन्त शून्य उन चमकती हुई लहरों की हर्ष-ध्वनियों से गूंज रहा था, जोकि एक-दूसरे का पीछा करती हुई ढालवें तट के टीले की ओर दौड़ रही थीं। कोलाहलमय लहरें तथा सहस्रों लहरियों द्वारा प्रतिबिम्बित सूर्य की किरणें एक-दूसरे से अपनी अबाध गति में हर्ष तथा उल्लास के साथ समान रूप से मिल रही थीं। सूर्य प्रसन्न था क्योंकि वह चमक रहा था और समुद्र इसलिए (प्रसन्न था) क्योंकि वह सूर्य के हर्षोज्ज्वल प्रकाश को प्रतिबिम्बित कर रहा था।

हवा समुद्र की रेशमी छाती को प्यार से सहला रही थी, सूर्य अपनी गरम किरणों से उसे गरमा रहा था, और समुद्र जैसे इन कोमल थपकियों को पाकर उनींदा-सा सांसें ले रहा था, और गरम हवा को एक नमकीन सुगन्ध से भर रहा था। हरी-हरी-सी लहरें पीले तट से टकराकर श्वेत झाग फैला देती थीं, जोकि गरम रेत पर एक नर्म आह के साथ घुल जाता और

वहां नमी छोड़ जाता था।

वह लम्बा और तंग टीला एक ऐसे विराट् मीनार की तरह दिखाई पड़ता था, जोकि तट से समुद्र में गिर पड़ा हो। वह पतला टीला जैसे अनन्त, चमकती हुई जलराशि को छेदकर अन्दर घुस गया था और उसका आधार दूर उस धुन्ध में अदृश्य हो गया था, जिसने उस धरती को ढंक रखा था, जहां से हवा में मिलकर एक ऐसी तीव्र गन्ध आ रही थी जो उस पवित्र समुद्र और उज्ज्वल, नीले आकाश के गुम्बद के बीच बड़ी ही क्षुब्ध करने वाली तथा समझ में न आने वाली थी।

समुद्र-तट पर, जहां मछलियों के पिंजर बिखरे हुए थे, गड़े हुए डंडों पर जाल फैले हुए थे और उनके साये रेत पर मकड़ियों के जालों की तरह दिखाई दे रहे थे। एक छोटी और कई बड़ी नावें वहां पड़ी हुई थीं, और लहरें जब दौड़कर तट पर आतीं तो ऐसा लगता, जैसे वे उन नावों को कोई संकेत दे रही हों। वहां नावों के काटे, चप्पू, टोकरियां और रस्सियां इधर-उधर अस्त-व्यस्त ढंग से बिखरी हुई थीं और उनके बीच में टहनियों और घास-पातों से बनी और छप्पर से ढंकी हुई एक झोंपड़ी खड़ी थी। झोंपड़ी के द्वार के सामने दो खूंटों पर एक बूट का जोड़ा उलटा टंगा हुआ था। और इस सारी अस्त-व्यस्तता के ऊपर एक मस्तूल दिखाई देता था, जिसके शिखर पर एक लाल चीथड़ा हवा में फड़फड़ा रहा था।

उन नावों में से एक के साये में वास्सीली लेगोस्तीएव—ग्रेबेन्स चिकोव के मछली के कारखाने के फाटक, टीले का चौकीदार—लेटा था। अपनी हथेलियों पर ठुड्डी टिकाए, पेट के बल लेटा वास्सीली दूरस्थ, समुद्र से धुंधली दिखाई देने वाली धरती के तट की ओर निर्निमेष देख रहा था। उसकी आंखें पानी पर एक छोटे, काले दाग़ पर गड़ी थीं और वह उसे समीप आते और बड़ा होते हुए असीम उल्लास के साथ देख रहा था।

जल में प्रतिबिम्बित सूर्य-किरणों की चमक से बचाने के लिए उसने

अपनी पलकें झपकाईं और एक सन्तोष से वह मुस्करा उठा—वह मालवा आ रही थी। वह आएगी और हंसेगी और उसकी छातियों में एक मोहक कम्पन होगा। अपनी नर्म और गोल बांहों में वह उसे भर लेगी और ऐसे गहरे चुम्बन से उसका अभिवादन करेगी कि उसकी आवाज़ से समुद्री पक्षी सहम जाएंगे और फिर वह उसे सब समाचार बताएगी कि तट पर क्या हो रहा है। उसके बाद वे दोनों मिलकर उम्दा खाना बनाएंगे और बोदका पिएंगे और फिर रेत पर फैलकर बातें करेंगे और एक-दूसरे को प्यार करेंगे और फिर जब सांझ झुक जाएगी, तो केतली गरम करेंगे और मजेदार कुरकुरे बिस्कुटों के साथ चाय पिएंगे और फिर सो जाएंगे... यही तो हर रविवार और दूसरी छुट्टियों के दिन होता आया है। फिर बड़े सवेरे, सदा की तरह, वह उसे सुबह की ताज़ी रोशनी में सोए हुए शान्त समुद्र पर से तट की ओर ले चलेगा। वह नाव पर झपकी लेती हुई बैठी रहेगी और वह चप्पू चलाते हुए उसे घूरता रहेगा। ऐसे में कभी-कभी वह कितनी हास्यास्पद दिखाई देती, हास्यास्पद, फिर भी सुन्दर, एक खूब खाई-खेली बिल्ली की तरह। कभी-कभी वह बैठने की जगह से नाव के अन्दर फिसल जाती और हाथ-पांव गुमेटकर गहरी नींद में डूब जाती। ऐसा वह अक्सर करती...

उस दिन गरमी के मारे समुद्री पक्षी भी घबरा उठे थे। कुछ अपने पंखों को झुकाए और चोंचों को खोले रेत पर बैठे थे और दूसरे निःशब्द और रोज़ाना की क्रियाओं की इच्छा खोकर लहरों पर झूल रहे थे।

वास्सीली को ऐसा लगा कि नाव में मालवा के साथ कोई और भी है। क्या सेर्योझका ने फिर उस पर कांटा डाला? वास्सीली ने कसमसाकर करवट ली और उठकर बैठ गया और आंखों पर हथेलियों का साया कर उसने बेचैनी से समुद्र पर नज़र गड़ा दी कि देखे तो कि और कौन नाव में है। नाव के माथे पर पतवार संभाले हुए मालवा बैठी थी। चप्पू संभालने वाला आदमी सेर्योझका तो मालूम नहीं होता था। ऐसा मालूम होता था कि वह आदमी चप्पू चलाने का अभ्यस्त नहीं था। अगर सेर्योझका साथ होता तो

मालवा को पतवार संभालने की ज़रूरत नहीं पड़ती।

"एहोय !" वास्सीली अधीर होकर चिल्ला पड़ा।

उसकी चीख़ सुनकर रेत पर बैठे समुद्री पक्षी चौंक उठे और उड़ने के लिए तैयार हो पांवों को संभालने लगे।

"ए-ह-ो-ो-य !" नाव से मालवा की खनकती हुई आवाज़ आई।

"वह तुम्हारे साथ कौन है ?"

उत्तर में एक हंसी की ध्वनि आई।

"चुडैल !" वास्सीली बड़बड़ाया और फुसफुसाकर गाली बकते हुए नफरत से थूक दिया।

यह जानने के लिए वह व्याकुल था कि मालवा के साथ कौन है। एक सिगरेट बनाते हुए उसने चप्पू वाले के अंग-अंग को बड़े ध्यान से देखा। चप्पू से पानी में होने वाली आवाज़ को वह स्पष्ट सुन रहा था और उसके नंगे पांवों के नीचे रेत पिस रही थी।

"तुम्हारे साथ वह कौन है ?" मालवा के सुन्दर मुख पर एक अनोखी, अपरिचित मुस्कान देखकर वह चिल्लाया।

"तनिक धीरज रखो, अभी जान जाओगे।" एक हंसी के साथ चिल्लाकर उसने जवाब दिया।

चप्पू वाले ने तट की ओर अपना मुंह घुमाया और वास्सीली को एक नज़र देख हंस भी दिया।

चौकीदार क्षुब्ध हो उठा, यह अजनबी आख़िर कौन है। उसका चेहरा तो परिचित-सा लगता है।

"ज़ोर लगाओ !" मालवा ने आज्ञा के स्वर में कहा।

लहरों के ज़ोर से नाव आधी लम्बाई तक तट पर आ गई। नाव तट से चिपक गई और लहरें वापस समुद्र में फिसल गईं। चप्पू वाला नाव से कूद पड़ा और बोला, "हेल्लो, पिताजी !"

"याकोव !" घुटे हुए स्वर में वास्सीली चीख़ा। वह प्रसन्न कम और चकित अधिक था। दोनों एक-दूसरे के गले मिले और उन्होंने तीन बार

एक-दूसरे को चूमा, होंठों और गालों पर। वास्सीली के चेहरे पर ख़ुशी और परेशानी का मिला-जुला भाव स्पष्ट था।

"... मैंने देखा, बार-बार देखा...और मेरे दिल में एक कुतूहल जाग उठा। मैं चकित था कि यह कौन है ?... और यह तुम थे ? यह कौन सोच सकता था ? पहले मैंने सोचा कि यह सेर्योझका है, लेकिन जब देखा तो वह नहीं था। और यह तुम निकले !"

बोलते समय वह एक हाथ से अपनी दाढ़ी सहला रहा था और दूसरे से उसे समझाने की चेष्टा कर रहा था। वह मालवा को देखने के लिए बेचैन था, लेकिन वह अपने बेटे की आंखों की चमक से एक उलझन में पड़ गया था। उसके बेटे की मुस्कराती आंखें उसके चेहरे पर जमी थीं। उसका बेटा बड़ा ही अच्छा और हट्टा-कट्टा था, लेकिन अपनी प्रेयसी की उपस्थिति में बाप को ऐसा लग रहा था कि वह ऐसा पुत्र पाने के सन्तोष से भी वंचित हो रहा है। वह याकोव के सामने खड़ा था और एक कदम इधर या उधर चलता हुआ, बिना उत्तर की प्रतीक्षा किए उससे प्रश्न पर प्रश्न पूछता जा रहा था। लगता था कि उसके दिमाग में सब-कुछ गड्डमड्ड हो गया है। तभी मालवा की हंसी उड़ाने वाली बात सुनकर उसे धक्का लगा, "ख़ुशी के मारे वहां खड़े-खड़े मत नाचो। उसे झोंपड़ी में ले जाओ और कुछ खाने को दो।"

वह उसकी ओर मुड़ा। मालवा के होंठों पर एक खिल्ली उड़ाने वाली मुस्कान खेल रही थी। इसके पहले उसने उसे इस तरह मुस्कराते हुए कभी न देखा था। मालवा का पूरा शरीर—जैसाकि हमेशा से गोलमोल, नर्म और ताज़गी से भरा हुआ था—आज भिन्न और परिचित-सा दिखाई दे रहा था। मालवा ने अपने छोटे-छोटे सफेद दांतों से खरबूजे के बीज चबाते हुए अपनी हरी-हरी-सी आंखें पिता की ओर से हटाकर पुत्र की ओर फेरीं। याकोव ने मुस्कराते हुए मालवा और फिर पिता की ओर देखा और कई क्षणों तक वे तीनों मौन बने रहे। वास्सीली के लिए ये क्षण बड़े ही अप्रिय थे।

"हां, अभी लो !" झोंपड़ी की ओर मुड़ते हुए अचानक वास्सीली ने कहा, "मैं पानी लेने जा रहा हूं। तुम लोग धूप में से हट जाओ।...हम मछली पकाएंगे।...मैं तुम्हें ऐसी मछली खिलाऊंगा, याकोव, जैसी तुमने पहले कभी भी न खाई होगी। मैं अभी लौटता हूं, तब तक तुम दोनों थोड़ा आराम कर लो।"

उसने झोंपड़ी के पास पड़ी हुई केतली उठाई और तेज़ी से जाल की ओर बढ़कर उसकी मटियाली तहों में अदृश्य हो गया।

मालवा और याकोव झोंपड़ी की ओर बढ़ गए।

"तुम अब यहां आ गए, मेरे सुन्दर छोकरे ! तुम्हें मैं तुम्हारे पिता के यहां ले आई।" मालवा ने कहा और तिरछी निगाहों से याकोव की मज़बूत आकृति, छोटी, घुंघराली और हेनाई रंग की दाढ़ी से घिरे मुखड़े और चमकती आंखों को देखा।

"हां, हम पहुंच गए," ललक के साथ उसकी ओर घूमकर याकोव ने उत्तर दिया, "यहां कितना अच्छा लग रहा है ! और फिर यह समुद्र ! सुन्दर है न ?"

"हां, यह बड़ा समुद्र है।... हां, तुम्हारे पिता की आयु क्या बहुत अधिक है ?"

"नहीं, बहुत अधिक नहीं। मैं तो सोचता था कि वे इससे कहीं अधिक बूढ़े हो गए होंगे। लेकिन अभी तो उनके कुछ ही बाल सफ़ेद हुए हैं।... और वे कितने स्वस्थ और हृष्ट-पुष्ट दिखाई देते हैं !"

"कितने दिनों के बाद तुम इन्हें देख रहे हो, जो ऐसा कहते हो ?"

"मेरा ख्याल है... पांच वर्षों के बाद, जब से उन्होंने घर छोड़ा। उस समय मैं सत्रह वर्ष का था।"

उन्होंने झोंपड़ी में प्रवेश किया। झोंपड़ी के अन्दर उमस थी और ज़मीन पर बिछे हुए बोरों से मछली की गन्ध आ रही थी। दोनों बैठ गए—याकोव एक लकड़ी के कुन्दे पर और मालवा बोरों के ढेर पर। दोनों के बीच में एक पीपा था, जो खड़ा कर देने पर मेज़ का काम देता था। वे एक-दूसरे

की ओर देखते हुए मौन बैठे रहे।

"क्या तुम्हारे पिता के दिल में अपने घर के प्रति कोई मोह नहीं ?" थोड़ी देर के बाद मालवा ने पूछा।

"मुझे नहीं मालूम...मैं चाहता हूं कि मुझे यहां कोई काम मिल जाता।"

"तुम्हें ज़रूर कोई काम यहां मिल जाएगा।" मालवा ने विश्वास के साथ कहा और उसकी ओर अपनी हरी-हरी-सी, अधखुली आंखों से ऐसे देखा, जिसका भाव समझना कठिन था।

याकोव उसकी ओर से आंखें हटाकर अपने चेहरे का पसीना आस्तीन से पोंछने लगा। और अचानक ही वह हंस पड़ी।

"मेरा ख्याल है, तुम्हारी मां ने तुम्हारे पिता को अपना अभिवादन और समाचार ज़रूर भेजा होगा ?" उसने कहा।

याकोव ने उसकी ओर देखा और तेवर बदलकर अशिष्टता के साथ कहा :

"बेशक !.. लेकिन तुम यह क्यों पूछती हो ?"

"ओह, यों ही।"

याकोव को उसकी हंसी अच्छी नहीं लगी—उसमें चिढ़ाने का एक भाव था। उसने उस औरत की ओर से मुंह फेर लिया और मां ने उसके साथ जो सन्देश भेजा था, उसे याद करने लगा।

उसकी मां गांव के सीवाने तक उसे छोड़ने आई थी। सरकंडे की बाड़ का सहारा ले, खड़ी होकर, उसने अपनी सूखी आंखें बार-बार झपकाकर, जल्दी-जल्दी में कहा था :

"उनसे कहना, याशा !...भगवान् के लिए, तुम उनसे कहना कि आख़िर वे एक पिता हैं।...कहना कि तुम्हारी मां बिलकुल अकेली है। ...वह पांच लम्बे-लम्बे वर्षों से अकेली है ! उनसे कहना कि अब वह बूढ़ी हो रही है ! भगवान् के लिए, तुम उनसे यह कहना, याशा ! तुम्हारी मां अब जल्दी ही बूढ़ी हो जाएगी...और वह नितान्त अकेली है और

उसे बड़ी मेहनत करनी पड़ती है। भगवान् के लिए, तुम उनसे यह सब कहना, याशा !... ”

और अपने दामन में मुंह छुपाकर वह चुपचाप रोई थी।

उस समय याकोव को उसके लिए अफसोस नहीं हुआ था, लेकिन इस समय हो रहा था। उसने मालवा की ओर एक नज़र फेंकी और उसकी त्योरी फिर चढ़ गई।

“लो, मैं आ गया !” वास्सीली चिल्लाते हुए झोंपड़ी में घुस आया। उसके एक हाथ में एक मछली थी और दूसरे में एक चाकू।

वह अपनी उलझन से मुक्त हो चुका था और उसने अपनी सारी परेशानियों को दिल की तहों में छिपा लिया था। इस समय वह बड़ी शान्ति से दोनों को देख रहा था। हां, इतना अवश्य था कि उसकी हरकतें कुछ असाधारण-सी लग रही थीं और उसकी सावधानी के बावजूद उसे धोखा दे रही थीं।

“मैं अभी आग जलाकर आता हूं। फिर खूब बातें होंगी, क्यों, याकोव ?” उसने कहा। और फिर वह झोंपड़ी के बाहर चला गया।

मालवा लापरवाही से खरबूज़े के बीज चबाती रही और याकोव की ओर घूरती रही। लेकिन याकोव कोशिश करके अपनी आंखें दूसरी ओर फेरे रहा, गोकि वह मालवा की ओर देखने के लिए अन्दर ही अन्दर तड़प रहा था।

कुछ देर के बाद ही चुप्पी जैसे उसे खाने लगी और वह बोल पड़ा :

“ओह, मैं अपना थैला तो नाव में ही छोड़ आया। मैं उसे लेने जा रहा हूं।”

वह इत्मीनान से उठा और झोंपड़ी के बाहर हो गया। इसके थोड़ी ही देर बाद वास्सीली आ पहुंचा। उसने मालवा पर झुककर बड़े ही तेज़ और क्षुब्ध स्वर में कहा :

“तुम उसके साथ क्यों आईं ? तुम्हारे विषय में मैं उससे क्या कहूंगा ? तुम मेरी कौन हो ?”

"मैं उसके साथ आई, बस, मुझे इतना ही कहना है !" मालवा ने ठंडे स्वर में कहा।

"ओह, तुम...मूर्ख औरत ! मैं अब क्या करूं? क्या उसके मुंह पर ही मुझे सब स्वीकार करना पड़ेगा? क्या मुझे सीधे सब उगल देना होगा ?... मेरे घर एक बीवी है।...उसकी मां...तुम्हें यह सब जानना-समझना चाहिए था !"

"मुझे इन सब बातों से क्या मतलब ? तुम समझते हो कि मैं उससे डरती हूं? या मुझे तुमसे कोई डर है ?" अपनी हरी-हरी-सी आंखें नचाती हुई, नफरत से मालवा ने पूछा। फिर कहा, "उसके सामने उछलते हुए तुम कितने हास्यास्पद लग रहे थे ! बड़ी मुश्किल से मैं अपनी हंसी रोक पाई।"

"तुम्हें यह हास्यास्पद लग सकता है। लेकिन मैं क्या करूं?"

"यह तो तुम्हें पहले ही सोचना चाहिए था।"

"मुझे क्या मालूम था कि समुद्र उसे इस तरह इस तट पर ला पटकेगा ?"

पांवों के नीचे बालू के चरमराने की आवाज़ सुनकर उन्होंने समझ लिया कि याकोव आ रहा है और उन्होंने बातचीत वहीं छोड़ दी। याकोव थैला लटकाए अन्दर आया। उसने थैला एक कोने में फेंककर अपनी आंखों के कोनों से उस औरत की ओर देखा।

मालवा मज़े से खरबूज़े के बीज चबाती रही। वास्सीली लकड़ी के कुन्दे पर बैठ गया और अपने ठेहुनों को हथेलियों से रगड़ते हुए मुस्कराकर बोला :

"तो तुम यहां आ गए।...क्या सोचकर तुम यहां आ धमके ?"

"बस यों ही। हमने तुमको लिखा था..."

"कब ? मुझे तो कोई चिट्ठी नहीं मिली।"

"सच ? लेकिन हमने तो लिखा था... "

"चिट्ठी ज़रूर कहीं होगी, " वास्सीली ने निराशा के स्वर में कहा,

“जाए जहन्नुम में ! तुम्हारा क्या ख्याल है, एं ? क्या अजीब बात है कि तुमने चिट्ठी लिखी और वह भटक गई !”

“सो, तुम्हें नहीं मालूम कि घर में क्या हुआ ?” पिता की ओर अविश्वास के साथ देखते हुए याकोव ने पूछा।

“मुझे कैसे मालूम हो ? चिट्ठी तो मुझे मिली ही नहीं।”

याकोव ने तब बताया कि उनका घोड़ा मर गया, फरवरी के शरू में ही सारा अनाज खत्म हो गया, उसे कोई काम नहीं मिल सका, भूसा चुक गया और गाय अब मरने ही वाली है। किसी तरह अप्रैल तक उन्होंने दिन काटे, फिर यह तय किया कि जोताई खत्म होते ही याकोव तीन महीने के लिए अपने पिता के पास कुछ कमाई करने चला जाए और उन्होंने अपना यह निश्चय पिता के पास चिट्ठी में लिख भेजा। फिर तीन भेड़ें बेचकर उन्होंने थोड़ा अनाज और भूसा ख़रीदा और...अब याकोव यहां आ पहुंचा था।

“तो ऐसे यह सब हुआ, है न ?” वास्सीली बोला, “हुँ: !”

“यह अभी थोड़ा ही था, है न ? हमने घर की थोड़ी मरम्मत भी कराई। मेरिया की शादी में भी कुछ खर्च ही हुआ। हमने एक हल भी खरीदा।...क्यों, पांच साल हो गए न तुम्हें घर छोड़े हुए ?”

“ह-ां। स-ो-त-ो है ! तुमने कहा, यह थोड़ा ही था ?...हे ! मछली फफा रही है !”

और चीखता हुआ वास्सीली बाहर भागा।

वास्सीली आग के सामने पसरकर बैठ गया। मछली उबल रही थी। उसने खोए-खोए ही करछुल से मछली की पफाई काछकर आग में डाल दी। फिर वह गहरी चिन्ता में डूब गया। याकोव ने जो कुछ बताया था, उसका उस पर कोई प्रभाव न पड़ा था, उलटे उसके मन में पत्नी और पुत्र के प्रति एक द्वेष जाग उठा था। पिछले पांच सालों में उसने उन्हें कितना रुपया भेजा था, फिर भी उन्होंने सारी खेती बरबाद कर दी थी। अगर मालवा नहीं होती तो वह याकोव की ख़बर लेता। उसमें

इतनी बुद्धि है कि बिना पिता की अनुमति लिए घर छोड़ दे, लेकिन इतनी बुद्धि नहीं कि खेती का काम संभाल सके। यहां जो आज़ाद आरामदेह ज़िन्दगी वास्सीली जी रहा था, उसमें उसे अपने घर की खेती की शायद ही कभी याद आती हो, लेकिन आज अचानक ही उसे लगा कि उसके घर की खेती एक गढ़े के समान थी जिसमें पिछले पांच सालों से वह रुपये झोंकता आया है। भला वह किस काम की, उससे उसकी ज़िन्दगी का क्या सम्बन्ध ? उसने करछुल से मछली चलाई और एक ठंडी सांस ली।

सूर्य के चमकते प्रकाश में आग की छोटी-छोटी, लाल लपटें पीली और कमज़ोर दिखाई दे रही थीं। पारदर्शी, नीले धुएं के लच्छे आग से उठकर समुद्र की लहरों के उफान से मिल रहे थे। धुएं पर नज़र टिकाए, बड़े कड़वेपन के साथ वास्सीली सोच रहा था कि उसकी ज़िन्दगी अब बदतर हो जाएगी, वैसी स्वच्छन्दता अब कहां रहेगी ? निस्सन्देह याकोव ताड़ गया होगा कि मालवा...

मालवा झोंपड़ी में बैठी-बैठी अपनी मज़ाक़ और ललकारभरी आंखों पर मुस्कान की सान चढ़ाकर छोकरे को एक उलझन में डाले हुए थी।

"मालूम होता है, तुम अपनी प्रेयसी को घर पर छोड़ आए हो?" अचानक याकोव से सीधे नज़र मिलाकर वह बोल पड़ी।

"हां, शायद।" अनिच्छापूर्वक याकोव ने उत्तर दिया।

"क्या वह बहुत सुन्दर है ?" मालवा ने लापरवाह स्वर में पूछा।

याकोव ने कोई उत्तर नहीं दिया।

"तुम जवाब क्यों नहीं देते ? क्या वह मुझसे अधिक सुन्दर है ?"

अनिच्छापूर्वक ही याकोव ने आंखें उठाईं और औरत का चेहरा देखा। उसने उसके झंवाए, गोल कपोल और स्निग्ध, भरे-भरे, कांपते हुए से अधर देखे, जो एक परिहासभरी मुस्कान के कारण विलग हो रहे थे। उसका गुलाबी रंग का सूती, चुस्त ब्लाउज़ असाधारण रूप से खिल

रहा था और उसके सुडौल कन्धों और ऊंचे वक्षस्थल की रेखाओं को उभार रहा था। लेकिन याकोव को उसकी धूर्तताभरी, अधखुली, हंसती हुई, हरी-हरी-सी आंखें अच्छी नहीं लगीं।

"इस तरह तुम बात क्यों करती हो?" उसने नर्मी से कहा, हालांकि वह बड़ी कठोरता से अपनी बात कहना चाहता था।

"फिर मैं किस तरह बात करूं?" उसने हंसकर जवाब दिया।

"तुम हंस क्यों रही हो?"

"मुझे तुम पर हंसी आती है।"

"क्यों ? मैंने तुम्हारा क्या बिगाड़ा है ?" उसने क्षुब्ध होकर पूछा और फिर अपनी आंखें झुका लीं।

उसने कोई जवाब नहीं दिया।

याकोव को अन्दाज़ हो गया था कि इस औरत के साथ उसके पिता का क्या सम्बन्ध है। इसी कारण वह उसके साथ आज़ादी से बात न कर सकता था। पिता की इस हरकत पर उसे अचरज नहीं हुआ। उसने सुन रखा था कि जो लोग अपना घर छोड़कर कहीं दूर काम करने जाते हैं, खूब मज़े करते हैं। वह अच्छी तरह जानता था कि उसके बाप-जैसे स्वस्थ और हृष्ट-पष्ट आदमी के लिए बिना औरत के बहुत दिनों तक रहना कठिन है। फिर भी एक साथ इस औरत और अपने पिता की उपस्थिति में उसे कुछ बड़ा अजीब-अजीब-सा लग रहा था। फिर उसे अपनी मां की याद आ रही थी—एक हारी-थकी, सदा बिसूरती हुई औरत, गांव में एक गुलाम की तरह दिन-रात खटती हुई, जिसने कभी आराम न जाना...

"खाना तैयार है!" झोंपड़ी में घुसकर वास्सीली ने ऐलान किया, "मालवा, चम्मच निकालो।"

याकोव ने एक नज़र पिता की ओर देखा और अपने मन में सोचा :

'यह ज़रूर यहां अक्सर आती होगी, तभी तो इसे मालूम है कि चम्मच कहां रखे जाते हैं।'

मालवा ने चम्मच निकाले और बोली कि अभी वह इन्हें धोकर लाती है। उसने यह भी बताया कि नाव में बोदका की एक बोतल है, वह उसे भी लेती आएगी। पिता और पुत्र, दोनों ने उसे झोंपड़ी से बाहर जाते हुए देखा और जब वह चली गई, तो वे दोनों पास-पास बैठ गए। थोड़ी देर तक वे मौन रहे। फिर वास्सीली ने याकोव से पूछा :

"इससे तुम्हारी भेंट कैसे हुई ?"

"तुम्हारे बारे में पूछने के लिए मैं दफ्तर में गया था। यह वहीं मुझे मिली। इसने, इसने मुझसे कहा, 'रती पर इतनी दूर पैदल चलने की तुम्हें क्या ज़रूरत है ! हम नाव से चलेंगे। मैं उसी के पास तो जा रही हूं।'

"आ-अ-अह !... मैं अक्सर सोच़ करता था–मेरा याकोव अब कैसा हुआ होगा?

"कैसे नन्हीं-मुन्नी औरत है, है न ?... अह !" वह बोला।

"बुरी नहीं है।" आंखें झपकाते हुए, अनिश्चितता के साथ याकोव बोला।

"आदमी क्या करे, भैया !" हवा में हाथ लहराते हुए वास्सीली ज़ोर से बोल पड़ा, "पहले मैंने बड़े ज़ब्त से काम लिया, लेकिन देर तक मैं अपने को बस में न रख सका। यह एक आदत है।...मैं एक शादीशुदा आदमी हूं ! फिर वह मेरे कपड़ों की मरम्मत करती है, यह करती है, वह करती है। प्यारे ! ओह प्यारे ! मौत की ही तरह तुम औरत से बचकर नहीं निकल सकते।" उसने जोश में आकर कह डाला।

"इन सब बातों से मुझे क्या मतलब ?" याकोव ने कहा, "यह तुम्हारा काम है, इसे अच्छा-बुरा कहने वाला मैं कौन होता हूं !"

लेकिन अपने मन में उसने कहा, 'हुं, मुझे उल्लू मत बनाओ। मैं जानता हूं कि ऐसी औरत ज़रूर तुम्हारी पतलूनों की मरम्मत करती होगी !'

"और फिर, " वास्सीली ने कहा, "मैं अभी पैंतालीस का ही हूं।

... मैं उस पर कोई ज़्यादा ख़र्च नहीं करता। वह मेरी कोई बीवी थोड़ी ही है !"

"बेशक, बेशक !" स्वीकृति में याकोव ने सिर हिलाया, परन्तु अपने मन में कहा, 'लेकिन तुम्हारी जेब वह ख़ाली कर देती है, मैं शर्त बद सकता हूं।'

बोदका की बोतल और कुरकुरे बिस्कुट का पैकट लेकर मालवा लौटी, तो वे मछली खाने बैठ गए। वे खामोशी के साथ खा रहे थे, काटे और हड्डियां चूसते समय उनके मुंह से ज़ोर की आवाज़ें निकल रही थीं। कांटे और हड्डियां वे चूस-चूसकर दरवाज़ें के बाहर बालू पर फेंक देते थे। याकोव ख़ूब खा रहा था, एक पेटू की तरह। इससे मालवा बहुत ख़ुश थी। याकोव के बड़े-बड़े कौरों से भरे हुए फूले और धूप में तपे हुए गालों और मोटे-मोटे, भीगे हुए होंठों को देखकर ख़ुशी से उसका चेहरा चमक जाता था और उसके अधरों पर सहानुभूतिपूर्ण मुस्कान उभर आती थी। वास्सीली बहुत कम खा रहा था, हालांकि वह यह दिखाने का प्रयत्न कर रहा था कि उसका ध्यान खाने में ही लगा है। ऐसा करने के लिए वह विवश था, क्योंकि वह चाहता था कि बिना किसी बाधा तथा मालवा और याकोव को जताए वह आगे की योजना के विषय में कुछ सोच सके।

लहरों का नर्म संगीत रह-रहकर भूखे समुद्री पक्षियों की चीखों से टूट जाता था। गरमी की तकलीफ अब कम हो गई थी और कभी-कभी समुद्री गन्ध के साथ ठण्डी हवा का झोंका झोंपड़ी में आ जाता था।

खाने और बोदका पीने के बाद याकोव की पलकें बोझिल हो उठीं। उसके होंठों पर एक फीकी मुस्कान दौड़ने लगी और वह खांसने और जंभाई लेने लगा। वह मालवा की ओर ऐसे देख रहा था कि वास्सीली को विवश होकर कहना पड़ा, "जाओ, मेरे बेटे, अब तुम ज़रा सो लो। चाय बनने के पहले तुम एक झपकी ले लो। चाय बनते ही हम तुम्हें जगा लेंगे।"

"हां, मैं भी यही सोचता हूं," बोरों के ढेर पर लुढ़कते हुए याकोव ने कहा, "लेकिन...तुम कहां जा रहे हो ? हा-हा-हा !"

उसकी हंसी से परेशान होकर वास्सीली तुरन्त झोंपड़ी से बाहर चला गया; लेकिन मालवा ने अपने होंठ भींच लिए, त्योरियां चढ़ाई और याकोव के प्रश्न का उत्तर दिया :

"हम कहां जाएंगे, यह पूछना तुम्हारा काम नहीं ! तुम हो क्या ? तुम अभी बिलकुल बच्चे हो ! अभी तुम्हारी समझ में ये बातें नहीं आएंगी !"

"क्या कहा ? अच्छा ! तुम देखना... मैं बताऊंगा ! तुम अपने को बहुत चतुर समझती हो... " झोंपड़ी से बाहर जाती हुई मालवा से याकोव ने ज़ोर से कहा।

थोड़ी देर तक वह कुछ बड़बड़ाता रहा, फिर उसे नींद आ गई। उसके तमतमाए चेहरे पर एक शराबी की बेशर्म मुस्कान खेल रही थी।

वास्सीली ने ज़मीन में तीन खूंटे गाड़े और उनके सिरों पर एक रस्सी बांधकर उस पर एक टाट लटका दिया और उसके साये में लेटकर सिर के नीचे बाहें रखकर वह समुद्र की ओर देखने लगा। जब मालवा उसके पास आकर लुढ़क गई तो उसने अपना मुंह उसकी ओर फेरा। मालवा ने देखा, उसके चेहरे पर अप्रसन्नता और क्रोध का भाव स्पष्ट था।

"क्या बात है ? अपने बेटे को देखकर तुम्हें कोई खुशी नहीं हुई ?" हंसकर उसने पूछा।

"क्यों नहीं ... उसकी हंसी देखी ?... यह सब तुम्हारी वजह से हो रहा है।" वास्सीली गरज उठा।

"ओह ! मेरी वजह से?" मालवा ने हंसी और आश्चर्य के साथ पूछा।

"फिर किस वजह से ?"

"अभागे पुराने पापी ! तुम क्या चाहते हो ? तुमसे मिलना बन्द कर

दूं? बहुत अच्छा, अब मैं नहीं आऊंगी !"

"चुड़ैल !" वास्सीली ने उसे कोसते हुए कहा, "अह, तुम दोनों एक ही तरह के हो ! वह मुझ पर हंस रहा है, वैसे ही तुम भी...और तुम लोग मेरे सबसे निकट के सम्बन्धी हो ! तुम लोग मुझ पर क्यों हंस रहे हो, दुष्टो !" और वह मुंह फेरकर चुप हो गया।

अपने ठेहुने को दोनों हाथों में बांधकर, धीरे-धीरे झूमती हुई-सी मालवा ने अपनी हरी-हरी-सी आंखों से समुद्र की ओर देखा। उस समय उसके अधरों पर वही विजयी मुस्कान थी, जो अपने सौंदर्य के प्रति सचेत औरतों के होंठों पर बहुलता से दिखाई देती है। एक बड़े बदसूरत, मटमैले पंखों वाले पक्षी की तरह एक नाव पानी पर तैर रही थी। तट से वह बहुत दुर थी और धीरे-धीरे और भी दूर, नीले क्षितिज की ओर, जहां समुद्र और आकाश मिले हुए दिखाई देते थे, बढ़ी जा रही थी।

"तुम कुछ बोलतीं क्यों नहीं ?" वास्सीली ने कहा।

"मैं सोच रही हूं।" मालवा ने जवाब दिया।

"क्या ?"

"ओह, कोई खास बात नहीं।" मालवा ने अपनी भौंहें सिकोड़ते हुए कहा। थोड़ी देर रुककर उसने फिर कहा, "तुम्हारा बेटा बहुत अच्छा है।

"उससे तुम्हें क्या लेना ?" ईर्ष्या से भरकर वास्सीली चीख़ उठा।

"बहुत कुछ !"

"दिमाग़ ठीक रखना।" क्षोभ और सन्देह की दृष्टि से उसे देखते हुए वास्सीली ने कहा, "मुझे बेवकूफ बनाने की कोशिश मत करना ! मैं बहुत ही शान्त स्वभाव का आदमी हूं। लेकिन अगर कोई मुझे छेड़ दे, तो मुझसे बढ़कर कोई शैतान नहीं हो सकता। इसलिए मुझे चिढ़ाने की कोशिश मत करना, वरना तुम्हें पछताना पड़ेगा।"

मुट्ठियों को ज़ोर से भींचकर अपने भिंचे हुए दांतों के बीच से उसने आगे

कहा, "सुबह जब तुम यहां आईं, तभी मैं समझ गया था कि तुम्हारे मन में कुछ है।...अभी तक मैं नहीं समझ पाया हूं कि वह क्या है। ... लेकिन ख्याल रखना, अगर मुझे मालूम हो गया तो तुम्हारी ख़ैर नहीं ! ... और वह तुम्हारी मुस्कान...और दूसरी सब हरकतें...तुम्हारी जैसी औरतों से निपटना मैं अच्छी तरह जानता हूं, कोई चिंता नहीं !"

"मुझे डराने की कोशिश मत करो, वास्सया !" आवेशहीन स्वर में मालवा ने बिना उसकी ओर देखे ही कहा।

"फिर तो तुम मुझसे कोई चाल न चलना... "

"तुम भी मुझे धमकाना नहीं... "

"अगर तुमने कोई शरारत की तो मैं बिना पीटे तुम्हें नहीं छोड़ूंगा।" बिगड़कर वास्सीली बोला।

"क्या तुम मुझे पीटोगे ?" वास्सीली की ओर घूमकर, उसके तमतमाए चेहरे को आश्चर्य से देखते हुए मालवा ने कहा।

"आख़िर तुम अपने को क्या समझती हो, कोई महारानी ? मैं फिर कहता हूं कि मैं तुम्हें पीटूंगा।"

"और तुम मुझे क्या समझते हो, अपनी औरत ?" मालवा ने शान्त स्वर में कहा और बिना किसी उत्तर की प्रतीक्षा किए आगे बोली, "अपनी औरत को बिना किसी वजह के हमेशा पीटते रहने की तुम्हारी आदत है, इसीलिए सोचते हो कि तुम मुझे भी पीट सकते हो, है न ? लेकिन तुम्हारा ख़्याल ग़लत है। मैं अपने मन की रानी हूं और मैं किसी से नहीं डरती। लेकिन तुम...तुम अपने बेटे से ही डरते हो सुबह जिस तरह तुम अपने बेटे के सामने नाच रहे थे, उसे देखना भी एक आदमी के लिए अपमानजनक है। और फिर भी तुम मुझे धमकाने की हिम्मत करते हो !"

उसने नफ़रत से अपना सिर हिलाया और चुप हो गई। उसके आवेशहीन और घृणा भरे शब्दों ने वास्सीली के क्रोध को शान्त कर दिया। वह मालवा का मुंह निहारने लगा, इतनी सुन्दर तो वह पहले कभी

न लगी थी।

"तुम इतनी दूर तक मत जाओ..." वह ग़ुर्राया। उसे क्रोध था लेकिन अब वह उसकी प्रशंसा किए बिना भी न रह सकता था।

"और एक बात और भी तुम्हें कहे देती हूं," मालवा फट पड़ी, "बहुत बढ़के तुमने सेर्योझका से कहा था कि मेरे लिए तुम रोटी की तरह हो, तुम्हारे बिना मैं जी नहीं सकती। तुमने ग़लत समझा है।... तुम्हें शायद मालूम नहीं कि मुझे तुमसे कोई प्रेम नहीं। मैं तुमसे मिलने यहां नहीं आती, बल्कि वह चीज़ यह जगह है, जो मुझे रोज़ यहां खींच लाती है।" और उसने अपने हाथों को चारों ओर लहराकर कहा, "मुझे यह जगह बहुत पसन्द है, क्योंकि यहां कहीं कोई नहीं रहता—यहां समुद्र और आकाश के सिवा और कुछ नहीं है, यहां कोई उबाने वाला आदमी नहीं है। एक तुम हो, लेकिन तुम्हारे यहां रहने से कोई अन्तर नहीं पड़ता।...इस जगह आने के लिए ही मुझे तुम्हें कर चुकाना पड़ता है... सेर्योझका भी यहां होता, तो भी मैं आती। अगर तुम्हारा लड़का यहां रहे, तो मैं उसके पास भी आऊंगी।...लेकिन अगर यहां कोई भी न रहे तो बहुत अच्छा। ...मैं तुम सबसे ऊब चुकी हूं। ...मैं सुन्दर हूं और मैं जब भी चाहूं, मुझे एक आदमी मिल सकता है, और मैं जिसे चाहूं, अपने लिए चुन सकती हूं।"

"ऐसा?" वास्सीली फुंफकार उठा और मालवा का गला पकड़कर बोला, "ऐसा तुम्हारा ख़्याल है?"

वास्सीली ने उसे झिंझोड़ा, लेकिन मालवा ने अपना गला छुड़ाने का कोई प्रयत्न नहीं किया, हालांकि उसका चेहरा पीला पड़ रहा था और आंखों में खून उतर आया था। उसने बस इतना किया कि अपना एक हाथ वास्सीली के उस हाथ पर रख दिया, जिससे वह उसका गला दबा रहा था और घूरकर उसकी आंखों से अपनी आंखें मिला दीं।

"तो तुम इस तरह की औरत हो?" बुझे गले से वास्सीली बोला। वह क्रोध के वश में होकर आगे बोला, "बदज़ात, तू अब तक यह बात छिपाए रही।...मुझे प्यार किया।...मुझे थपथपाया।...अब मैं तुझे मज़ा

चखाऊंगा !"

उसने उसका सिर झुकाया और बेहद मज़ा लेते हुए ज़ोर से भिंचे मुक्के से दो भारी घूंसे उस पर धर दिए। यह जानकर उसे अपार हर्ष हुआ कि उसके घूंसे मालवा की नर्म गर्दन पर ही पड़े थे।

"मिला कुछ मज़ा...नागिन !" विजय के स्वर में उसने कहा और उसे दूर ढकेल दिया।

बिना उफ़ किए वह धरती पर गिर पड़ी और पीठ के बल चुप, शान्त और लाल होकर बिखरी हुई पड़ी रही। इस दशा में भी उसकी सुन्दरता पर कोई आंच नहीं आई थी। उसकी हरी-हरी-सी आंखों की बरौनियों से छनकर शान्त घृणा की नज़रें फूट रही थीं। उन नज़रों को वास्सीली लक्ष्य न कर सका। वह आवेश के मारे हांफ रहा था और अपना गुस्सा उतार देने के सन्तोष से उसे बड़ी ख़ुशी महसूस हो रही थी। और जब उसने एक विजयी की तरह मालवा की ओर देखा तो वह मुस्करा उठी—उसके भरे-भरे होंठों में एक कम्पन हुआ, उसकी आंखों से चमक फूट निकली और उसके गालों में गड्ढे पड़ गए। वास्सीली चकित था।

"इस तरह क्यों मुस्करा रही है, चुड़ैल ?" उसकी बांहों को खींचता हुआ वास्सीली चीखा।

"वास्का !" मालवा ने होंठों में ही कहा, "तुमने मुझे मारा है ?"

"बेशक, मैंने नहीं तो और किसने मारा है !" मालवा की ओर दुविधा में देखते हुए वास्सीली ने कहा। उसकी समझ में न आ रहा था कि वह क्या करे। क्या फिर उसे पीटे? लेकिन अब उसका क्रोध शान्त हो गया था। फिर उस पर हाथ छोड़ने की बात भी अब वह नहीं सोच सकता था।

"इसका मतलब तो यह है कि तुम मुझसे प्रेम करते हो, नहीं ?" मालवा फिर फुसफुसाई।

उसकी यह फुसफुसाहट जैसे एक गरम लहर की तरह वास्सीली के शरीर में दौड़ गई।

"ठीक है," वह गुर्राया, "जितना तुम्हें मिलना चाहिए था, अभी तो उसका आधा भी तुम पर नहीं पड़ा।"

"मेरा ख्याल था कि तुम मुझे प्यार नहीं करते।...मैं सोचती थी कि अब तुम्हारा बेटा आ गया है, तो तुम मुझे भगा दोगे।"

और वह एक अनोखी हंसी हंस उठी। उसकी हंसी की आवाज़ साधारण से कहीं अधिक ऊंची थी।

"बेवक़ूफ !" अनजाने में ही हंसते हुए वास्सीली ने कहा, "मेरा बेटा क्या है ? उसकी हिम्मत है कि मुझसे कुछ कहे ?"

उसे अपने पर शर्म आने लगी और मालवा के प्रति उसमें सहानुभूति उमड़ पड़ी। लेकिन थोड़ी देर पहले ही मालवा ने जो कुछ कहा था, उसके याद आते ही वह कड़े शब्दों में बोला :

"इससे मेरे बेटे का कोई सम्बन्ध नहीं। तुम पिटी हो अपनी ही ग़लती से। तुम्हें मुझे चिढ़ाना नहीं चाहिए था।"

"लेकिन मैंने तो तुम्हें जान-बूझकर चिढ़ाया—तुम्हारा इम्तिहान लेने के लिए।" उसके कन्धे से सटते हुए उसने कहा।

"मेरा इम्तिहान लेने के लिए ? लेकिन किसलिए ? ख़ैर, अब तो तुमने जान लिया ?"

"कोई बात नहीं," विश्वास के साथ, पलकों से आधी आंखें ढांपकर मालवा ने कहा, "मैं तुमसे नाराज़ नहीं हूं। तुमने मुझे प्रेम के कारण मारा है, है न ? ख़ैर, इसका बदला मैं तुम्हें चुकाऊंगी..."

उसने अपनी आवाज़ धीमी करके उससे आंखें मिलाकर अपनी बात दुहराई, "लेकिन ओह ! मैं तुम्हें कैसे बदला चुकाऊंगी ?"

मालवा के इन शब्दों से वास्सीली में एक मधुरता व्याप्त हो गई। उसके ये शब्द उसे वादे की तरह लगे। मुस्कराकर वह बोला :

"कैसे ? तुम कैसे बदला चुकाओगी ?"

"यह देखने के लिए तुम्हें इंतजार करना पड़ेगा।" मालवा ने बड़े शान्त स्वर में कहा, लेकिन उसके होंठ कांप रहे थे।

"ओह, मेरी जान !" वास्सीली चीख़-सा पड़ा और एक प्रेमी की तरह उसे अपने प्रगाढ़ आलिंगन में बांध लिया, "तुम जानती हो, जब से तुम्हें मैंने पीटा है, मुझे तुम पर और भी प्यार आ रहा है। मैं सच कहता हूं ! मुझे ऐसा लग रहा है कि हम दोनों एक जान दो शरीर हैं !"

उनके सिरों पर से समुद्री पक्षी उड़ते हुए चले गए। समुद्री हवा उन्हें सहला रही थी और लहरें उनके पांवों पर झाग उड़ा रही थीं और समुद्र का अबाध हास्य गूंज रहा था, गूंज रहा था।

"हां, ऐसा ही होता है।" आराम की सांस लेते हुए , मालवा को अपने अंक में कसकर वास्सीली ने कहा, "इस दुनिया की हर चीज़ कितनी अजीब है ! जिसे पाप कहा जाता है, वह भी कितना सुखकर और मधुर होता है ! तुम तो कुछ समझती ही नहीं।...लेकिन मैं कभी-कभी ज़िन्दगी के बारे में सोचता हूं और डर जाता हूं ! खासकर रात को...जब नींद नहीं आती। ... ऐसा समझो कि तुम्हारी आंखें खुली हैं और तुम समुद्र को अपने सामने देख रही हो, तुम्हारे सिर के ऊपर आकाश है, और चारों ओर अन्धकार ही अन्धकार फैला हुआ है, ऐसा निविड़ अन्धकार कि भय से शरीर में एक सिहरन दौड़ जाती है।...और तुम बिलकुल अकेली हो ! और उस स्थिति में तुम अपनी तुच्छता अनुभव करती हो, ऐसी तुच्छता कि जिससे बढ़कर कोई तुच्छता नहीं। तुम्हारे पांवों के नीचे धरती हिल रही है और उस धरती पर तुम्हारे सिवा और कोई नहीं।...ऐसे समय में अक्सर मेरी इच्छा होती है कि तुम मेरे साथ होतीं।...कम से कम उस धरती पर हम दो तो होते।"

मालवा खामोश उसके घुटनों पर लेटी थी, उसकी आंखें मुंदी हुई थीं। वास्सीली का धूप और हवा में तपा हुआ, खुरदुरा पर उदार चेहरा उस पर झुका हुआ था और उसकी, लम्बी सफ़ेद दाढ़ी के बाल उसकी गरदन पर गुदगुदी कर रहे थे। वह हिल-डुल नहीं रही थी, केवल उसकी सांस एक गति से उठ और गिर रही थीं। वास्सीली की आंखें कभी दूर समुद्र पर बिछ जातीं और कभी पास उसकी सांसों पर। उसने धीमे से, बिना किसी जल्दी

के उसके होंठों को चूमा और ऐसा चटखारा लिया, जैसे घी से तर हलवा खा रहा हो।

इस तरह करीब-करीब तीन घंटे बीत गए। जब सूरज समुद्र पर झुक गया, तो वास्सीली ने उदास स्वर में कहा :

"अब मैं चलूं, चाय का पानी चढ़ाऊं। हमारा मेहमान अब उठेगा।"

मालवा अलसाई हुई सी उसके पास से हट गई, एक पालतू बिल्ली की तरह। अनमना-सा वह उठा और झोंपड़ी में चला गया। औरत ने पलकें उठाकर उसे जाते हुए देखा और इस तरह सांस ली, जैसे कोई भारी बोझ उतारने के बाद आदमी लेता है।

उसके बाद तीनों आग के पास चाय पीने बैठे।

डूबते सूरज ने समुद्र को सुन्दर रंगों में रंग दिया। हरी-हरी-सी लहरों पर बैंजनी और मोती के रंग चमक उठे।

सफ़ेद मग से चाय पीते हुए वास्सीली ने अपने बेटे से गांव के समाचार पूछे और याकोव ने याद कर-करके सब बताया। मालवा चुपचाप बिना कोई बाधा पहुंचाए उनकी रूखी और लम्बी-लम्बी बातें सुनती रही।

"सो, बूढ़े किसान आज भी अपना काम चला रहे हैं, है न ?" वास्सीली ने पूछा।

"हां, किसी न किसी तरह।" याकोव ने जवाब दिया।

"हम किसानों को अधिक कुछ नहीं चाहिए, है न ? सिर पर एक साया, खाने के लिए रोटी और त्योहारों के दिन बोदका।...लेकिन हमें वह भी मयस्सर नहीं होता। अगर वहां गुज़र हो सकता तो मैं गांव क्यों छोड़ता ? घर पर मैं अपना मालिक था, गांव के हर आदमी के बराबर। लेकिन यहां मैं क्या हूं?... एक नौकर !...

"लेकिन यहां खाने को तुम्हें ज्यादा मिलता है और तुम्हारा काम भी हलका है।..."

"सो तो मैं नहीं कहूंगा ! कभी इतना काम करना पड़ता है कि

शरीर की हड्डियां दुखने लगती हैं। खास बात तो यह है कि यहां मालिक के लिए काम करना पड़ता है। घर पर तो आदमी अपना काम करता है न ?"

"लेकिन तुम कमाते ज़्यादा हो।" याकोव ने प्रत्युत्तर दिया।

वास्सीली का मन याकोव की बात से सहमत था, सच ही गांव का जीवन और काम यहां से कहीं ज़्यादा सख्त था। लेकिन वास्सीली किसी कारणवश यह बात याकोव को बताना नहीं चाहता था। इसलिए कड़े शब्दों में उसने कहा :

"जो पैसे हम यहां कमाते हैं, उन्हें तुमने गिना है क्या ? नहीं-नहीं, घर-गांव में, मेरे बच्चे... "

"गांवों के घर तो गढ़ों की तरह होते हैं, जिनमें अन्धकार और भीड़-भाड़ के सिवा कुछ नहीं होता..." एक मुस्कान के साथ बीच में ही मालवा बोल उठी, "खासकर औरतों के लिए...आंसुओं के सिवा कुछ नहीं।"

"औरतों के लिए तो हर जगह बराबर है... और रोशनी हर जगह एक ही है... एक ही सूरज हर जगह चमकता है !" मालवा की ओर त्योरी चढ़ाकर देखते हुए वास्सीली ने कहा।

"तुम्हारी यह बात ठीक नहीं !" बात में जान डालकर मालवा ज़ोर से बोली, "गांव में लड़कियों को मजबूरन शादी करनी पड़ती है, उनकी पसन्द का कोई सवाल ही नहीं उठता। और शादी होते ही लड़की हमेशा के लिए गुलाम बन जाती है—खेत काटना, सूत कातना, मवेशियों को पालना और बच्चे पैदा करना...उनके लिए ज़िन्दगी में क्या रह जाता है ? मर्द के कोसनों और घूसों के सिवा कुछ भी नहीं..."

"वे सिर्फ घूंसे ही नहीं होते।" वास्सीली ने उसे टोकना चाहा।

"लेकिन यहां मुझ पर किसी का अधिकार नहीं।" वास्सीली की बाधा की परवाह न कर मालवा कहती गई, "यहां मैं समुद्री पक्षियों की ही तरह आज़ाद हूं; जहां चाहूं, उड़कर जा सकती हूं। कोई भी मेरा रास्ता नहीं रोक सकता...कोई भी मुझे छू नहीं सकता !"

"और अगर कोई छुए ?" वास्सीली ने मुस्कराकर कहा। अभी थोड़ी देर पहले मालवा की जो मरम्मत उसने की थी, उसकी याद उसे आ गई।

"कोई अगर मुझे छुएगा, तो मैं उसे वैसा ही जवाब दूंगी।" मालवा ने धीमे स्वर में कहा।

उसकी आंखों की चमक जैसे बुझ गई थी।

वास्सीली मज़ा लेकर हंस पड़ा।

"अह !... तुम एक शिकारी बिल्ली हो, लेकिन कमज़ोर हो ! तुम औरत हो और औरत की ही तरह बात करती हो। गांवों में मर्द एक औरत को अपने साझीदार की तरह रखता है, लेकिन यहां मर्द औरत को एक खेल का सामान समझता है," ज़रा रुककर उसने आगे कहा, "उसके साथ पाप-कर्म करने के लिए।"

यहां आकर बातचीत रुक गई। याकोव ने एक गहरी सांस लेकर कहा, "समुद्र ऐसा दिखाई देता है, जैसे उसका कोई छोर ही न हो।"

तीनों समुद्र के विराट् विस्तार की ओर एकटक देखने लगे।

"काश, इतनी बड़ी धरती होती !" दोनों ओर बांहें फैलाकर याकोव बोला, "काली मिट्टी की धरती ! और हम इसे जोत सकते !"

"यही तो तुम चाहोगे, है न ?" अच्छे स्वभाव वाले आदमी की तरह हंसकर अपने बेटे की ओर स्वीकृति से देखते हुए वास्सीली ने कहा। याकोव ने जो इच्छा अभी प्रकट की थी, उसमें उसका चेहरा चमक रहा था। बेटे के मन में धरती की जो भूख थी, उसे जानकर वास्सीली को बड़ी ख़ुशी हुई। यही भूख उसे जल्दी ही गांव की ओर खींच ले जाएगी, और यहां बसने के लोभ से उसे मुक्त रखेगी। और वह, वास्सीली, फिर मालवा के साथ अकेले रह जाएगा और पहले ही की तरह सब ठीक-ठाक हो जाएगा।

"हां, तुम ठीक कहते हो, याकोव ! एक किसान की सबसे बड़ी इच्छा यही तो होती है। किसान की शक्ति धरती है। जब तक वह अपनी धरती

पर रहता है, जिन्दा रहता है। और जैसे ही उसका (धरती से) नाता टूटता है, वह मर जाता है। बिना धरती के एक किसान की वही दशा होती है, जो बिना जड़ के एक पेड़ की। उसका कुछ और उपयोग भले ही हो, लेकिन वह बहुत दिन तक ज़िन्दा नहीं रह सकता—वह ज़रूर सड़ जाता है! उसका जंगली सौन्दर्य भी नष्ट हो जाता है—वह बिलकुल नंगा, सूखा और दयनीय दिखाई देने लगता है।...जो कुछ तुमने कहा है, वह सही है, याकोव।"

समुद्र ने सूरज को अपने अंक में भर लिया और उसकी लहरों ने, जिन्हें सूरज की विदा लेती हुई किरणों ने शाहाना रंगों से रंग दिया था, स्वागत के संगीत से उसका अभिवादन किया। प्रकाश के स्वर्गिक स्रोत, जीवन के स्रष्टा सूर्य ने मुग्धकर रंगों के बीच समुद्र से विदा ली और उन तीन व्यक्तियों से, जो डूबते हुए सूर्य को निहार रहे थे, दुर, बहुत दूर, दूसरी सोई हुई दुनिया को प्रातः की अरुण, हर्षोज्ज्वल किरणों से जगाने के लिए चल पड़ा।

"भगवान् की कसम, जब मैं सूरज को डूबते हुए देखता हूं, तो मेरा दिल पिघलने लगता है।" वास्सीली ने मालवा से कहा।

मालवा ने कोई जवाब नहीं दिया। दूर क्षितिज को देखती हुई याकोव की नीली आंखें मुस्करा रही थीं और वे तीनों आदमी स्वप्नभरी आंखों से बड़ी देर तक उस दिशा में निहारते रहे, जहां दिन के अन्तिम क्षण तिरोहित हो रहे थे। उसके सामने अंगारे दहक रहे थे और उनके पीछे चारों ओर रात का साया उतर रहा था। जोगिए रंग की रेत का रंग गहरा हो गया था। समुद्री पक्षी अदृश्य हो गए थे। हर ओर एक स्वप्नमयी शान्ति छाती जा रही थी।...यहां तक कि मुक्त लहरों का हर्ष और शोर भी दिन की अपेक्षा कम हो गया था।

"मैं यहां क्यों बैठी हूं? मेरे जाने का समय तो हो गया।" अचानक मालवा ने कहा।

वास्सीली ने सिहरकर अपने बेटे की ओर देखा।

"इतनी जल्दी क्या है?" उसने शिकायत के स्वर में कहा। "चांद

निकलने तक रुको।" उसने आगे कहा।

"मैं क्यों रुकू? मुझे कोई डर नहीं है। क्या रात को यहां से आज मैं पहली बार जा रही हूं!"

याकोव ने एक नज़र अपने बाप की ओर देखा और अपने होंठों पर उभरती हुई व्यंग्य की मुस्कान को छुपाने के लिए सिर नीचा कर लिया। और फिर जब उसने मालवा की ओर देखा, तो उसने ऐसे घूरकर उसे जवाब दिया कि उसकी स्थिति ख़राब हो गई।

"ठीक है, तब जाओ!" अप्रसन्नता का अनुभव करते हुए, उदास होकर वास्सीली ने कहा।

मालवा उठ खड़ी हुई और दोनों से विदा लेकर तट पर चल पड़ी। उसके चरणों से लहरें खेल रही थीं। आकाश में सुनहरे फूल–तारे–टिमटिमा रहे थे। मालवा ज्यों-ज्यों आगे बढ़ती जा रही थी, वास्सीली और उसके बेटे की आंखों के सामने चटख रंग का ब्लाउज़ अन्धकार में फीका पड़ता जा रहा था।

प्रीतम, मेरे प्रीतम,
जल्दी मेरे पास आ जाओ।
तुम्हें अपने अंक में भरने के लिए
मैं कितनी आतुर हूं!

मालवा ऊंचे स्वर में गा रही थी। वास्सीली को ऐसा लगा कि वह रुककर इन्तज़ार कर रही है। उसने क्षुब्ध होकर थूका और मन में सोचा, 'मुझे चिढ़ाने के लिए गीत गा रही है, चुडैल!'

"सुनो, वह गा रही है!" मुस्कराकर याकोव ने कहा।

अन्धकार में वह उन्हें एक मटियाली परछाईं की तरह दिखाई दे रही थी। समुद्र पर उसका स्वर लहरा रहा था :

मेरे वक्ष पर,
श्वेत हंसों के इस जोड़े पर,
द्बया मत करो!

"सुन रहे हो तुम!" याकोव उन उकसाने वाले शब्दों के आने की दिशा में पग उठाते हुए चीख़-सा पड़ा।

"तो तुम खेत-बारी का इन्तज़ाम न कर सके?" उसे वास्सीली की कड़ी आवाज सुनाई दी।

याकोव ने बिखरकर अपने पिता की ओर ताका और उसकी बगल में जम-सा गया। समुद्र के शोर में डूब जाने के कारण अब उस गीत के टुकड़े वैसे ही उनके कानों में पड़ रहे थे, जैसे कोई किसी की इच्छित वस्तु को दूर से दिखा-दिखाकर उसे ललचा रहा हो :

... ओह, मेरी पलकें नहीं गिरतीं

... अकेली... यह... रात!

"ओह कितनी गरमी है!" उदास स्वर में वास्सीली ने कहा और निढाल होकर रेत पर लुढ़क गया, "रात के समय भी इतनी गरमी! कैसी बेहूदा जगह है यह!"

"रेत की वजह से ऐसा है...दिन में रेत गरम हो जाती है न..." याकोव ने हकलाते हुए कहा और दूसरी ओर मुड़ने लगा।

"यहां आओ! किस बात पर तुम हंस रहे हो?" उसके पिता ने डांटकर पूछा।

"मैं? नहीं तो! भला हंसने की क्या बात हो सकती है?" भोलेपन के साथ याकोव बोला।

"हां, हंसने की बात क्या है, वही तो मैं भी सोच रहा था... "

दोनों चुप हो गए।

लहरों के शोर के ऊपर से जैसे उन्हें किसी की आहभरी सांसें या धीमी-धीमी रुद्रनभरी पुकारें सुनाई दे रही थीं।

दो

दो सप्ताह बीत गए। फिर रविवार आया और वास्सीली लेगोस्तीएव फिर अपनी झोंपड़ी के पास रेत पर लेटा हुआ, समुद्र पर नज़र गड़ाए, मालवा का इन्तज़ार कर रहा था। सूर्य के प्रतिबिम्ब से खेलता हुआ समुद्र हंस रहा था और लहरों की सेना रेत पर दौड़कर, उसे बौछारों से भिगोकर, फिर समुद्र में जाकर मिल जाती थी। सब कुछ चौदह दिन पहले ही की तरह था, सिवा इसके कि पहले ऐसे अवसरों पर जहां वास्सीली विश्वास के साथ अपनी प्रेमिका की प्रतीक्षा करता था, आज अधीरता के साथ कर रहा था। पिछले रविवार को वह नहीं आई थी–उसे आज तो ज़रूर आना चाहिए ! उसे इसमें सन्देह नहीं था, किन्तु वह उसे देखने को अत्यन्त विह्वल था। याकोव आज कोई बाधा न पहुंचा सकेगा। दो दिन पहले वह कुछ मछुआरों के साथ जाल लेने आया था और कह गया था कि वह रविवार को अपने लिए कुछ कपड़े खरीदने शहर जाएगा। पन्द्रह रूबल माहवार पर उसे मछुआरे का काम मिल गया था। इस बीच कई बार वह मछली मारने समुद्र पर गया था और अब सजीव और प्रसन्न दिखाई

देता था। अन्य मछुआरों की तरह अब उसके शरीर से भी मछली की गन्ध आने लगी थी और उसके गन्दे कपड़े और चिथड़े हो गए थे।—अपने बेटे के बारे में ये सब बातें सोचकर वास्सीली ने एक ठंडी सांस ली।

'कहीं वह खतरे में न पड़ जाए,' उसने अपने मन में कहा, 'वह यहां बिगड़ जाएगा और तब सम्भव है वह फिर लौटकर वापस गांव न जाए।... उस स्थिति में मुझे ही जाना पड़ेगा।...'

समुद्र पर समुद्री पक्षियों के सिवा कुछ भी दिखाई न देता था। कभी-कभी समुद्र और आकाश के बीच में तंग और रेतीले तट पर बहुत-सारे काले-काले दाग़ दिखाई देकर अदृश्य हो जाते थे, लेकिन एक भी नाव नज़र न आती। सूरज सिर पर आ गया था और उसकी किरणें समुद्र पर खड़ी पड़ रही थीं। मालवा तो हमेशा इसके बहुत पहले ही आ जाती थी।

लाल, गंभीर, शान्त आकाश के नीचे लहरों का हर्षभरा संगीत ऐसा लग रहा था, जैसे समुद्र के अनन्त विस्तार पर किरणे ख़ुश होकर खेल रही हों। अचानक दो समुद्री पक्षी पागलों की तरह हवा में लड़ने लगे और उनके पंख नुच-टूटकर हवा में उड़ने लगे। उनकी भयंकर चीख़ो से लहरों का संगीत बेसुरा हो उठा। वे दोनों लड़ते-लड़ते पानी पर गिर गए, फिर भी वे एक-दूसरे पर चोंचों से प्रहार करते रहे और पीड़ा और क्रोध से चीख़ते रहे। फिर हवा में एक-दूसरे का पीछा करते हुए उड़े ... और उनके साथी—समुद्री पक्षियों का पूरा गिरोह...भूखे पेटुओं की तरह, अपने साथियों की लड़ाई से बेपरवाह, हरे-हरे-से, अर्द्ध-पारदर्शी लहराते पानी में मछलियों का शिकार करते रहे।

समुद्र वैसे ही निर्जन बना रहा। दूर समुद्र-तट पर वह परिचित काला धब्बा दिखाई न दिया...

'तुम नहीं आ रही हो?' वास्सीली बोला, 'अच्छा, मत आओ ! तुम क्या समझती हो ?'

और तट की दिशा में उसने नफरत से थूक दिया।

समुद्र हंसा।

वास्सीली उठ खड़ा हुआ और यह सोचकर झोंपड़ी में गया कि कुछ खाना बना ले, लेकिन उसे लगा कि भूख नहीं है और वह फिर उसी जगह आकर लेट गया।

'काश, सेर्योझका ही आ जाता !' उसने मन में ही क्षुब्ध होकर कहा और जान-बूझकर सेर्योझका के बारे में ही सोचने लगा, 'कैसा भयंकर आदमी है ! हर आदमी की खिल्ली उड़ाता रहता है। हमेशा लड़ने के लिए उधार खाए बैठा रहता है। सांड़ की तरह ताकतवर है। कुछ पढ़ा-लिखा भी है। कितनी ही जगहें घूम चुका है...लेकिन शराबी है। फिर भी उसका साथ बहुत अच्छा लगता है हालांकि...उसे यहां आए हुए बहुत दिन नहीं हुए, फिर भी सारी औरतें उसे दिल दिए बैठी हैं, उसके पीछे भागती रहती हैं। सिर्फ़ मालवा उससे दूर-दूर रहती है...ओह, वह अभी तक नहीं आई ! कम्बख्त कितनी ज़िद्दी है ! शायद वह मुझसे, मेरे पीटने के कारण, नाराज़ हो गई है ! लेकिन उसके लिए क्या यह कोई नई बात थी ? दूसरों ने भी ज़रूर उसे पीटा होगा...देखो तो ! भला मैं ही उसे क्यों न पीटूं ?'

और इस तरह एक क्षण अपने बेटे के बारे में, दूसरे क्षण सेर्योझका के बारे में और सबसे अधिक समय तक मालवा के बारे में सोचते हुए वास्सीली रेत पर लेटा रहा और उसका इन्तज़ार करता रहा। उसकी व्याकुलता धीरे-धीरे निराशा और संशय में बदल गई, लेकिन वैसे विचारों को वह मन में आने से रोकता रहा। और इस तरह अपने मन के संशय को अपने ही में छिपाता हुआ वह शाम तक उसका इन्तज़ार करता रहा—कुछ देर रेत पर इधर-उधर टहलकर और कुछ देर फिर लेटकर।

समुद्र पर अन्धकार उतर आया, फिर भी वह आंखें गड़ा-गड़ाकर समुद्र पर देखता रहा, उस नाव के आने का इन्तज़ार करता रहा।

लेकिन मालवा उस दिन नहीं आई।

झोंपड़ी में जाकर वास्सीली ने अपने भाग्य को कोसा कि उसे मछली के कारखाने के पास जाने की अनुमति नहीं है। ऊंघते-ऊंघते भी उसे कई बार ऐसा लगा कि दूर समुद्र पर से चप्पू चलने की आवाज़ आ रही है। शक होने पर वह कूदकर झोंपड़ी के बाहर लपक जाता और अपनी आंखों को हथेलियों से रगड़-रगड़कर तूफानी समुद्र के अन्धकार में घूर-घूरकर देखने लगता। तट पर, मछली के कारखाने के पास, दो जगह उसे आग जलती दिखाई देती, लेकिन समुद्र पर वही निर्जनता व्याप्त रहती।

'बहुत अच्छा, चुड़ैल !' वह धमकाते हुए बड़बड़ाता और फिर झोंपड़ी के अन्दर घुस जाता।

आखिर उसे गहरी नींद ने आ दबोचा।

लेकिन उस दिन मछली के कारखाने पर जो घटना घटी, वह इस प्रकार है :

बहुत सुबह ही, जब धूप अभी गरम नहीं हुई थी और समुद्र से ताज़ी हवा आ रही थी, याकोव जाग उठा। नहाने के लिए वह समुद्र पर गया तो तट पर उसे मालवा दिखाई पड़ी। एक मछली मारने वाली नाव तट से बंधी थी, उसी के माथे पर बैठी हुई मालवा अपने भीगे बालों में कंघी कर रही थी, उसके नंगे पांव नाव की बार पर हिल रहे थे।

याकोव रुक गया और उसे अजीब तरह देखने लगा।

मालवा के सूती ब्लाउज़ के बटन खुले हुए थे और ब्लाउज़ कुछ इस तरह नीचे खिसक गया था कि मालवा का एक श्वेत और मोहक कंधा साफ दिखाई दे रहा था।

लहरें नाव से टकरा रही थीं और नाव के साथ ही मालवा भी कभी ऊपर उठ जाती और कभी इतने नीचे गिर जाती कि उसके नंगे पांव पानी को छू लेते।

"तुम नहा चुकीं क्या ?" याकोव ने ज़ोर से कहा।

मालवा ने उसकी ओर मुंह करके, आंखें झपकाकर, एक नज़र देखा और कंघी करते हुए ही कहा :

"हां !...तुम इतनी जल्दी कैसे जाग गए ?"

"मेरे पहले तो तुम्हीं जाग गई थीं।"

"तो क्या जो मैं करूंगी, वही तुम भी करोगे ?"

याकोव ने कोई जवाब नहीं दिया।

"मेरी नकल करोगे, तो तुम्हारा सिर कलम हो जाएगा !" वह बोली।

"ओह ! तुम्हारा भी जवाब नहीं !" याकोव ने प्रत्युत्तर दिया और हंसते हुए समुद्र में उतरकर नहाने लगा।

उसने अंजुरी में पानी लेकर मुंह पर मारा और ताज़गी अनुभव करके सूअरों की तरह घुरघुराया। फिर बाहर आकर कमीज़ के दामन से हाथ-मुंह पोंछता हुआ बोला :

"तुम क्यों मुझे हमेशा डराती रहती हो ?"

"और तुम क्यों मुझे हमेशा घूरते रहते हो ?" मालवा ने उत्तर में उलटे प्रश्न किया।

याकोव को याद नहीं था कि उसने मछली के कारखाने की दूसरी औरतों से तनिक भी अधिक मालवा को देखा हो। फिर भी अनजाने ही अचानक वह बोल पड़ा :

"तुम इतनी सुन्दर हो कि तुम्हें घूरे बिना मैं रह ही नहीं सकता !"

"तुम्हारी ऐसी हरकत के बारे में अगर तुम्हारे बाप ने सुन लिया तो वह तुम्हारा गला ऐंठ देगा, समझे ?" उसकी ओर एक दुष्टता और ललकारभरी नज़र फेंककर मालवा बोली।

याकोव हंसा और नाव पर चढ़ गया। उसकी समझ में न आ रहा था कि 'ऐसी हरकत' से मालवा का क्या अभिप्राय था, लेकिन चूंकि मालवा कह रही थी, इसलिए उसने यह बात मान ली कि सच में ही वह उसे बराबर घूरता रहता है। ऐसा सोचकर जैसे उसका अहंकार जाग उठा।

"मेरे बाप के बारे में तुम क्या कह रही थीं ?" उसकी बगल में नाव के माथे पर बैठता हुआ याकोव बोला, "उसने तुम्हें ख़रीद लिया है या क्या

बात है ?"

उसकी बगल में बैठकर वह उसके नंगे कंधे और अर्द्ध-नग्न वक्ष को देखता हुआ उसके पूरे शरीर को देख गया—कितनी सुन्दर, स्वस्थ और मज़बूत है यह ! और समुद्र चारों ओर अपनी सुगन्ध उड़ा रहा था।

"ओह, तुम कितनी सुन्दर हो !" उसकी प्रशंसा करते हुए उसने कहा।

"लेकिन मेरी सुन्दरता तुम्हारे लिए नहीं है !" उसने बिना उसकी ओर देखे, टका-सा जवाब दिया। अपने कपड़े ठीक करने की ज़रूरत उसने तब भी महसूस न की।

याकोव ने एक गहरी ठण्डी सांस ली।

उनके सामने समुद्र फैला था। सुबह के सूरज के प्रकाश में उसका सौन्दर्य अवर्णनीय था। हलकी हवा की कोमल सांसों से उत्पन्न होकर छोटी-छोटी, खेलती हुई-सी लहरें बड़ी नर्मी के साथ नाव को थपक रही थीं।

दूर, समुद्र की रेशमी छाती पर, एक दाग़ की तरह वह टीला दिखाई दे रहा था और नीले आकाश की पृष्ठभूमि में वह मस्तूल एक पतली खड़ी रेखा की तरह लग रहा था और उसके सिर पर वह लाल चिथड़ा भी हवा में फड़फड़ाता हुआ साफ दिखाई दे रहा था।

"हां, मेरे, छोकरे !" याकोव की ओर देखे बिना ही मालवा ने कहा, "मुझे देखकर तुम्हें लोभ हो सकता है, लेकिन मैं तुम्हारे लिए नहीं हूं।... मुझे किसी ने ख़रीदा नहीं है और न मैं तुम्हारे बाप की कर्ज़दार ही हूं।... मैं अपने ही ढंग से रहती हूं। लेकिन तुम मुझ पर डोरा डालने की कोशिश मत करो, क्योंकि मैं तुम्हारे और वास्सीली के बीच में झगड़े की वजह नहीं बनना चाहती।...मुझे कोई भी लड़ाई-झगड़ा पसन्द नहीं। ...समझ रहे हो मेरी बात?"

"ये सब बातें तुम मुझसे क्यों कह रही हो?" चकित होकर याकोव बोला, "मैंने तो तुम्हें कभी छुआ तक नहीं। क्या मैं झूठ कहता हूं?"

"छूने की हिम्मत भी तुम मत करना ।" मालवा ने उससे आंखें मिलाकर उत्तर दिया।

उसके स्वर में घृणा का एक ऐसा पुट था कि याकोव को यह अनुभव हुआ कि यह तो सरासर उसके पौरुष और मनुष्यत्व का अपमान है। अचानक उसमें एक शरारत—करीब–करीब दुष्टता का भाव—जाग उठा और उसकी आंखें चमक उठीं।

"ओह, छूने की मैं हिम्मत भी न करूं, वाह !" उसके पास खिसकते हुए याकोव ने कहा।

"नहीं, तुम मत छूना !"

"लेकिन अगर मैं छूऊं तो ?"

"तो ज़रा छुओ तो !"

"क्या होगा छूने से ?"

"तुम्हारी गर्दन पर एक वह दूंगी कि तुम पानी पर लुढ़कते नज़र आओगे।"

"अच्छा तो फिर तुम वही करो !"

"पहले तुम छुओ तो !"

उसने जलती हुई आंखों से मालवा को घूरा और अचानक अपनी बलिष्ठ भुजाओं में उसे बांधकर इस तरह भींचा कि उसकी देह पिस के रह गई। मालवा के मज़बूत और गरम शरीर के स्पर्श से याकोव के शरीर की आग भी जल उठी और उसका गला इस तरह घुटने लगा कि उसे अनुभव हुआ कि जैसे कोई गला दबाकर उसकी जान निकाल रहा हो।

"देखा तुमने ?... अब तुम्हारी बारी है !... मारो तो मुझे !...तुम कह रही थीं न !" टूटती सांस को संभालते हुए उसने कहा।

"मुझे छोड़ो, याश्का !" उसकी कांपती हुई बांहों से धीमे से अपने को मुक्त करने की कोशिश करती हुई मालवा बोली।

"लेकिन तुम तो कह रही थीं कि मेरी गर्दन पर एक वह लगाओगी कि

मैं पानी पर लुढ़कता नज़र आऊंगा, नहीं?"

"छोड़ो ! वरना इसके लिए तुम्हें पछताना पड़ेगा !"

"तुम फिर मुझे धमकाने की कोशिश कर रही हो?...ओह !...तुम कितनी प्यारी हो !" उसने और ज़ोर से उसे अपनी बांहों में कस लिया और उसके गुलाबी गाल पर अपने मोटे होंठ धर दबाए।

मालवा शरारत से हंसी और याकोव को अपनी बलिष्ठ भुजाओं से जकड़कर, अपने पूरे शरीर का भार उस पर डाल, आगे को एक ज़ोर का धक्का दिया। अब वे दोनों एक-दूसरे की भुजाओं में कसकर जकड़े हुए थे और एक-दूसरे को पीछे ढकेलने की कोशिश कर रहे थे। अचानक दोनों नाव पर लुढ़के और एक छपाके के साथ पानी में गिर, झाग और बौछार के भंवर में अदृश्य हो गए। थोड़ी देर बाद लहराते पानी के ऊपर बालों से पानी की बूंदें चुलाता याकोव का सिर और डरा हुआ चेहरा दिखाई दिया। फिर उसकी बगल में ऊपर की ओर उछलता-सा मालवा का सिर प्रकट हुआ। और कुछ करने में असमर्थ, घबराया हुआ याकोव जान बचाने के लिए ज़ोर-ज़ोर से पानी में हाथ मारता और अपने चारों ओर पानी उछालता हुआ बेतहाशा चिल्लाने और शोर मचाने लगा। और मालवा ठहाका लगाती हुई उसके चारों ओर तैरने और उसके मुंह पर नमकीन पानी उछालने लगी। याकोव क्षुब्ध होकर उसे पकड़ने की कोशिश करता, तो डुबकी लगाकर वह उसके हाथों की पहुंच से बाहर निकल जाती।

"अरी चुड़ैल !" मुंह और नाक से पानी पीता याकोव चिल्लाया, "मैं डूब जांऊगा !...अब बस करो !...भगवान् कसम !...मैं डूब जाऊंगा ! हाय ! पानी कितना कड़वा है !...मैं...डूब...र...हा...हूं !"

इसके पहले ही मालवा उसका पिंड छोड़कर एक पुरुष की तरह तैरती हुई तट की ओर चल पड़ी थी। तट तक पहुंचकर, वह बला की ताकत से उछलकर नाव पर चढ़ गई और माथे पर खड़ी हो, ठहाका लगाती हुई याकोव की ओर देखने लगी। वह डूबता-उतराता, उभ-चुभ

करता उसके पास पहुंचने के लिए हाथ-पांव मार रहा था। मालवा के भीगे कपड़े उसके शरीर से चिपककर उसके कन्धों से लेकर ठेहुनों तक की रेखाओं को उभार रहे थे। आख़िर नाव के पास पहुंचकर याकोव उसका किनारा पकड़कर लटक गया। मालवा ख़ुशी से उछलती हुई उस पर हंस रही थी। याकोव उसके क़रीब-क़रीब नंगे शरीर को भूखी आंखों से घूरने लगा।

"आओ, पानी के बाहर तो निकलो, नाककटे!" गाल फुलाकर मालवा ने कहा और अपने घुटनों पर झुककर, एक हाथ से नाव का माथा पकड़, दूसरा हाथ याकोव की ओर बढ़ा दिया। याकोव ने उसका हाथ पकड़कर, आवेश से भरकर कहा :

"संभलो! अबकी मैं तुम्हें डुबकी देने वाला हूं!"

कहकर याकोव ने कन्धों तक पानी में खड़ा हो मालवा को अपनी ओर खींचा। तभी लहरें याकोव के सिर पर झपट्टा मारकर नाव से टकराईं और बिखरकर मालवा के मुंह पर बौछार मार गईं। मालवा ज़रा देर के लिए क्षुब्ध हुई और फिर हंसने लगी। फिर अचानक चीख़कर वह पानी में कूद पड़ी और अपने शरीर के पूरे ज़ोर से याकोव को ऐसा धक्का दिया कि उसके पैर उखड़ गए।

और फिर वे दोनों मगरमच्छों की तरह हरे-हरे-से पानी में एक-दूसरे पर पानी उछालते, कुल्ला करते और नाक से फू-फू करते हुए खेलने लगे।

उन्हें इस तरह खेलते देखकर सूर्य हंस रहा था और मछली के कारखाने की खिड़कियों के शीशे हंस रहे थे, क्योंकि उन पर सूर्य प्रतिबिम्बित हो रहा था। उनकी बलिष्ठ भुजाओं से मथकर समुद्र का पानी क्षुब्ध होकर खौल रहा था। और पानी में इस तरह दो आदमियों के झगड़ने और चीख़ने से समुद्री पक्षी उड़कर, चीख़ते हुए उनके उन सिरों पर चक्कर लगाने लगे, जो कभी आने वाली लहरों में डूब जाते थे और कभी लहरों के ऊपर दिखाई देने लगे थे...

आख़िर जब वे थक गए और मुंह और नाक में समुद्री पानी भर जाने के कारण उनकी सांस फूलने लगी, तो वे रेंगकर तट पर आए और धूप में बैठकर सुस्ताने लगे।

"फुः !" नफ़रत से मुंह बनाकर, थूकता हुआ अचानक याकोव बोला, "कैसा बेहूदा पानी है ! शायद इसीलिए यहां इतना पड़ा है और कोई पूछता भी नहीं !"

"इस संसार में बेहूदा चीज़ों की कोई कमी नहीं है। जैसे जवान छोकरे ! ओ भगवान् यहां कितने सारे दिखाई देते हैं !" मालवा ने हंसकर अपने बालों का पानी निचोड़ते हुए कहा।

उसके बाल बहुत लम्बे न थे, फिर भी काले और लहरदार थे।

"शायद इसीलिए वह बुड्ढा तुमसे इश्क करता है !" याकोव ने एक शैतानी मुस्कान के साथ उसे कुहनी मारते हुए कहा।"

"कभी-कभी बूढ़े जवानों से कहीं बेहतर होते हैं।"

"लेकिन बाप से बेटा तो बेहतर ही होता है।"

"ऐसा? अपने बारे में इस तरह बढ़-चढ़कर बातें करना तुमने कहां से सीखा है ?"

"मेरे गांव की लड़कियां अक्सर कहती थीं कि वैसे देखने में मैं कुछ बुरा नहीं।"

"उन लड़कियों को क्या मालूम ? तुम मुझसे पूछकर देखो न !"

"क्या तुम लड़की नहीं हो ?"

मालवा ने उसे घूरकर देखा, फिर शरारत से हंसी और फिर गम्भीर होकर बोली, "मेरे एक बच्चा हुआ था।"

"हे भगवान् ! सच ?" ठहाका लगाते हुए याकोव ने कहा।

"बेवक़ूफों की तरह मत हंसो !" उसकी हंसी को दबोचते हुए मालवा ने कहा और अपना मुंह उसकी ओर से फेर लिया।

याकोव का साहस टूट गया। वह अपने होंठ काटकर ख़ामोश हो गया।

करीब आधे घंटे तक दोनों खामोश बने धूप में बैठे अपने कपड़े सुखाते रहे।

लम्बी-लम्बी, गन्दी, टिन से छाई कोठरियों में, जो कारखाने की ओर से रहने के लिए मिली थीं, मछुआरे अब जाग उठे थे। दूर से वे सबके सब एक समान दिखाई देते थे—चिथड़ों में लिपटे हुए, उलझे हुए बिखरे बाल और नंगे पांव—उनकी रूखी आवाजें तट तक सुनाई देती थीं। कोई एक ख़ाली पीपे के पेंदे पर हथौड़े मार रहा था और उसकी खोखली आवाज़ नगाड़े की तरह लग रही थी। दो औरतें तेज़ आवाज़ के साथ लड़ रही थीं। एक कुत्ता भौंक रहा था।

"वे लोग अब जाग रहे हैं।" याकोव ने कहा, "मैं सुबह ही शहर जाने वाला था...और देखो, यहां बैठा तुमसे चोंचे लड़ा रहा हूं।"

"मैंने तो कहा ही था कि अगर तुम मेरे चक्कर में पड़ोगे तो तुम्हें पछताना पड़ेगा।" मालवा ने ऐसे स्वर में कहा, जैसे उसमें विनोद और गम्भीरता, दोनों के भाव मिले-जुले हों।

"फिर तुम मुझे धमकाने लगीं?" याकोव ने उलझनभरी मुस्कान के साथ पूछा।

"मेरी बात को याद रखना। जैसे ही तुम्हारे बाप को यह मालूम होगा..."

याकोव अपने बाप का ज़िक्र सुनकर फिर उत्तेजित हो उठा।

"मेरे बाप के बारे में तुम क्या कहना चाहती हो ?" उसने क्षुब्ध होकर पूछा, "मान लो कि वह जान गया, तो ? मैं कोई मेमना नहीं हूं। अगर वह सोचता है कि वह घर का मालिक है, तो सोचे। मुझ पर उसका यहां मालिकाना नहीं चलेगा।...मैं कोई गांव के अपने घर में नहीं हूं।... मैं कोई अन्धा नहीं हूं। अपनी आंखों के सामने ही देख रहा हूं कि वह कोई साधु नहीं है। जो चाहे वह यहां करे...लेकिन मेरे रास्ते में भी उसे रोड़ा अटकाने का कोई अधिकार नहीं है।

मालवा ने उसकी ओर व्यंग्यभरी आंखों से देखा और उत्सुक होकर

बोली, "तुम्हारे रास्ते में रोड़ा अटकाने का क्या मतलब ? आखिर तुम क्या करना चाहते हो?"

"मैं ?" गाल पिचकाकर और इस तरह छाती फलाकर, जैसे कि वह कोई भारी बोझ उठा रहा हो, याकोव ने कहा, "मैं क्या करना चाहता हूं ! मैं बहुत-कुछ कर सकता हूं। यहां की नई हवा ने गांव की सारी धूल मेरी देह से झाड़ दी है। बताऊं, मैं क्या करना चाहता हूं?"

"बताओ, जल्दी बताओ !" मालवा ने व्यंग्य में कहा।

"बताता हूं। मैं तुम्हें अपने बाप के हाथ से छीन लूंगा। विश्वास न होता हो तो तुम मुझसे बाज़ी लगा सकती हो।"

"नहीं, ऐसा तो मत कहो !"

"तो क्या सच ही तुम समझती हो कि मैं उससे डरता हूं?"

"न-हीं ?"

"देखो, अच्छी तरह सुन लो।" आवेश में आकर याकोव फूट पड़ा, "मुझे चिढ़ाओ मत।...नहीं... तो... मैं कर दिखाऊंगा..."

"क्या ?" मालवा ने धीमे से कहा।

"कुछ नहीं !"

उसने उसकी ओर से मुंह फेर लिया और आगे कुछ न बोला, लेकिन उसके चेहरे पर साहस और आत्म-विश्वास का भाव स्पष्ट दिखाई दे रहा था।

"तुम तो बड़े अहंकारी मालूम होते हो !" मालवा ने कहा, "यहां कारखाने के मैनेजर के पास एक काला कुत्ता है। तुमने उसे देखा है ? वह बिलकुल तुम्हारी ही तरह का है। जब तक दूर रहो, वह भौंकेगा और काट खाने के लिए धमकाएगा। लेकिन जब तुम उसके पास जाओ, तो पैरों के बीच दुम दबाकर वह भाग खड़ा होगा।"

"अच्छा-अच्छा !" क्षुब्ध होकर याकोव बोला, "थोड़े दिन इन्तज़ार करो। फिर देखना कि किस धातु का मैं बना हूं !"

मालवा गालों में ही मुस्कराई।

एक लम्बा, गठीले शरीर का आदमी, जिसका चेहरा तपा हुआ था, जिसके शरीर पर बिना संवारे हुए आग के रंग के बालों का झोंझ था, धीरे-धीरे, एक घमण्डी की चाल से चलता हुआ उनके पास आया। वह लाल रंग की कमीज़ बिना पेटी के पहने हुए था। कमीज़ पीठ पर कालरों तक फटी हुई थी। कमीज़ की आस्तीनें नीचे न सरक जाएं, इसलिए वह आस्तीनों को कन्धों तक मोड़े हुए था। उसकी पतलून तरह-तरह के रंगों और आकारों की चकत्तियों से भरी हुई थी। उसके पांव नंगे थे। उसका चेहरा लाल-लाल दाग़ों से भरा हुआ था। उसकी बड़ी-बड़ी नीली आंखें जंगली जानवरों की तरह चमक रही थीं। उसकी चौड़ी और ऊपर को उठी हुई नाक बता रही थी कि वह एक नम्बर का बदमाश है। उसके पास पहुंचकर वह रुक गया। उसके फटे हुए कपड़ों के छेद से उसके शरीर के नंगे भाग धूप से स्पष्ट दिखाई दे रहे थे। उसने ज़ोर से छींका और निरीक्षण की दृष्टि से उन्हें घरकर अजीब तरह से मुंह बना लिया।

सेर्योझका ने कल एक-दो बार पी थी, लेकिन आज उसकी जेब बेपेंदे की खांची की तरह हो गई है। उसने कहा, "मुझे बीस कोपेक उधार दो और इसका यकीन रखो कि यह उधार कभी वापस नहीं होगा।"

उसकी बेहूदा बातों पर याकोव खिलखिलाकर हंस पड़ा। और मालवा ने उसके जर्जर व्यक्ति को एक बार घूरकर देखा और फिर मुस्करा दी।

"मैंने जो कहा है, तुमने नहीं सुना, शैतानो ! बीस कोपेक में ही मैं तुम दोनों की शादी करा दूंगा। बोलो क्या मरज़ी है ?"

"मसखरे ! तुम पुरोहित हो क्या ?" मज़ाक में मुस्कराते हुए याकोव ने पूछा।

"बेवक़ूफ ! तुम्हें नहीं मालूम, युगलिच के पुरोहित के यहां मैं मैनेजर रह चुका हूं। लाओ, मुझे बीस कोपेक दो।"

"मैं शादी करना नहीं चाहता।" याकोव ने कहा

"कोई बात नहीं—मुझे पैसा तो दो। मैं तुम्हारे बाप से नहीं कहूंगा

कि तुम इस नख़रैल के साथ चोंचें मिला रहे थे।" अपने फटे, सूखे होंठों को जीभ से चाटते हुए सेर्योझका ने ज़िद पकड़कर कहा।

"तुम कहोगे, तो भी वह विश्वास नहीं करेगा।"

"मेरी बात का वह ज़रूर विश्वास कर लेगा।...और फिर तो तुम्हारी वह कुटम्मस होगी कि याद करोगे।"

"मुझे इसका कोई डर नहीं!" याकोव ने कहा।

"तब तो तुम मेरे ही हाथों पिटोगे।" आंखें झपकाते हुए शान्त स्वर में सेर्योझका ने कहा।

याकोव का मन बीस कोपेक देने को न था। लेकिन जब वह यहां नौकरी पर लगा था, तभी यहां के लोगों ने उसे सावधान कर दिया था कि वह कभी भी सेर्योझका से कोई लड़ाई मोल न ले। अगर उससे कभी वह कुछ मांगे तो वह ज़रूर दे दे। सेर्योझका कभी भी अधिक की मांग नहीं करता, लेकिन वह भी अगर उसे न दिया गया तो वह किसी न किसी शरारत पर उतर आएगा या बिना किसी कारण के भी वह अपने शिकार की मरम्मत कर देगा। याकोव को यह चेतावनी याद आ गई और उसने एक ठंडी सांस लेकर अपना हाथ जेब में डाल दिया।

"यह तुमने भले आदमियों की तरह बर्ताव किया है!" ख़ुश होकर सेर्योझका ने कहा और उसकी बगल में रेत पर बैठ गया, "इसी तरह मेरी बात.माना करो तो तुम बुद्धिमान् आदमी हो जाओगे। और तुम," मालवा की ओर घूमकर उसने कहा, "मुझसे शादी करोगी न? जल्दी तय कर डालो। मैं अब ज़्यादा इन्तज़ार नहीं कर सकता।"

"तुम्हारे जैसे चिथड़ों के ढेर से मैं शादी करूंगी? पहले अपने कपड़ों के छेदों को तो सीओ, फिर हम बात करेंगे।" मालवा ने कहा।

सेर्योझका ने एक आलोचक की दृष्टि से अपने कपड़ों के पैबन्दों का निरीक्षण किया। फिर सिर हिलाकर कहा :

"अच्छा तो यह हो कि तुम्हीं अपना एक स्कर्ट दे दो!"

हां, मैं बिलकुल सही कहता हूं! तुम्हारे पास ज़रूर ही कोई फटा-पुराना

बेकार पड़ा होगा।"

"तुम खुद एक जोड़ी पतलून ख़रीद लो।" मालवा ने उसे नेक सलाह दी।

"नहीं, मेरे पास पैसा हो तो शराब ख़रीदना मैं बेहतर समझता हूं।"

"हां-हां, तुम तो वह करोगे ही।" याकोव ने हंसते हुए कहा। उसके हाथ में चार-पांच कोपेक थे।

"हां, क्यों नहीं ? एक पुरोहित ने एक बार बताया था कि आदमी को अपने शरीर की नहीं, आत्मा की चिन्ता करनी चाहिए। और मेरी आत्मा की मांग बोदका है, पतलून नहीं। लाओ, पैसा दो।... अब मैं जाकर पीऊंगा। ... लेकिन यह याद रखना, तुम्हारे बाप से तुम्हारे बारे में ज़रूर मैं सब बताऊंगा।"

"बताना !" याकोव ने हवा में हाथ लहराकर कहा और मालवा की ओर शरारत से देखकर उसके कंधे पर हाथ मारा।

सेर्योझका ने उसे ऐसा करते घूरकर देखा और थूककर याकोव को धमकाते हुए कहा :

"और तुम्हारी ख़बर लेना मैं भी न भूलूंगा। ...मुझे ज़रा फुरसत मिलने दो, फिर तो तुम्हारा कान वह उमठूंगा कि तुम याद करोगे।"

"क्यों ?" तनिक सहमकर याकोव बोला।

"वह तो मैं जानता हूं न।"... फिर मालवा की ओर घूमकर सेर्योझका ने पूछा, "क्यों, तुम तो जल्दी ही मेरे साथ शादी कर रही हो न ?"

"शादी करके हम क्या करेंगे? हम कैसे गुज़र करेंगे? पहले यह बताओ, तब मैं शादी के बारे में सोचूंगी।" मालवा ने गंभीर होकर कहा।

सेर्योझका ने समुद्र की ओर ताका। फिर आंखें झपकाकर, होंठ चाटते हुए बोला :

"हम कुछ नहीं करेंगे। बस हम मजे करेंगे।"

"लेकिन हमें पैसे कहां से मिलेंगे ?"

"अख !" सेर्योझका ने परेशान-सा होकर, हाथ हिलाते हुए कहा, "तुम तो मेरी बूढ़ी मां की तरह हुज्जत कर रही हो—क्या ? और कहां? और कैसे ? मुझे यह सब क्या मालूम ?... मैं अपने पीने का इन्तज़ाम तो कहीं से भी कर सकता हूं।"

कहकर वह उठ खड़ा हुआ और चल पड़ा। मालवा उसे जाते हुए देख रही थी और उसके होंठों पर एक अनोखी मुस्कान खेल रही थी। और याकोव ने उसे शत्रुताभरी दृष्टि से देखा।

"महादुष्ट है यह, कमज़ोरों पर हमेशा रोब गांठता रहता है।" सेर्योझका के दूर निकल जाने पर याकोव ने कहा, "अगर यह हमारे गांव में रहता तो तुरन्त ठीक कर दिया जाता।...इसकी वहां अच्छी तरह मरम्मत हो जाती और इसकी सारी चालें धरी की धरी रह जातीं। लेकिन यहां तो लोग इससे डरते हैं।"

मालवा ने याकोव की ओर देखा और दांत पीसकर कहा :

"तुम्हारे जैसे पिल्ले उसकी कीमत नहीं समझ सकते !"

"कीमत क्या समझना है ? उसकी कीमत तो पांच कोपेक है, और सौ कोपेक में तो उसे हमेशा के लिए खरीदा जा सकता है।"

"इतनी ही तो तुम्हारी समझ है !" मालवा चीख-सी पड़ी, "इससे ज़्यादा लियाकत के तुम आदमी ही नहीं हो।...लेकिन वह...वह सब जगह रहा है, देश का कोना-कोना छान चुका है और सबसे बड़ी बात तो यह है कि वह किसी से भी नहीं डरता !"

"और भला मैं किससे डरता हूं?" घमण्डी की तरह याकोव ने पूछा।

मालवा ने उसका कोई उत्तर न दिया। वह गहरी नज़र से उन लहरों का खेल देखने लगी, जो तट की ओर दौड़ लगा रही थीं और उस भारी नाव को पालने की तरह झुला रही थीं। नाव का मस्तूल इधर-उधर झूम रहा था और पिछला माथा ऊपर-नीचे उठ-गिर रहा था, जिससे पानी में ऐसी आवाज़ हो रही थी जैसे नाव यातना से चीख रही हो और क्षुब्ध

होकर तट से बंधे रस्से को तुड़ाकर हरे समुद्र के विस्तार में बह जाना चाहती हो।

"अच्छा, अब तुम जाते क्यों नहीं?" मालवा ने याकोव से पूछा।

"कहां?" जवाब देने के बदले याकोव ने पूछा।

"तुम्हीं तो शहर जाने की बात कह रहे थे!"

"मैं नहीं जाऊंगा।"

"फिर अपने बाप के पास जाओ।"

"और तुम?"

"मैं क्या?"

"तुम भी तो जाओगी?"

"नहीं!"

"तब मैं भी नहीं जाऊंगा।"

"तो क्या दिन-भर तुम मेरे गले से बंधे रहोगे?" मालवा ने शान्त स्वर में पूछा।

"क्यों नहीं! मेरा काम क्या तुम्हारे बिना चल सकता है!" नफरत के साथ याकोव बोला और आवेश से भरकर वहां से चल पड़ा।

लेकिन उसने गलत कहा था कि उसे उसकी ज़रूरत नहीं थी। उसके बिना उसकी दुनिया सूनी थी। जब से वह उससे मिला था, एक अनजाना-सा भाव उसके अन्दर जाग उठा था—अपने पिता के प्रति एक असन्तोष और विरोध। मालवा से मिलने के पहले ऐसा भाव उसमें कभी न आया था।...लेकिन आज उसे लग रहा था कि उसका बाप ही उसके रास्ते का रोड़ा है, गोकि वह इस जगह से दूर उस टीले के पास रेत की झोंपड़ी में रहता था, जो मुश्किल से ही वहां से दिखाई पड़ती थी। ... साथ ही उसे ऐसा भी लग रहा था कि मालवा उसके बाप से डरती है। अगर वह उससे न डरती तो मालवा और उसके बीच का सम्बन्ध कुछ और ही होता।

वह मछली के कारख़ाने का चक्कर काटता रहा और लोगों को घूर-

घूरकर देखता रहा। सेर्योझका एक झोंपड़ी के साये में उलटे पीपे पर बैठा था और लापरवाही से बेला बजाता हुआ अजीब तरह से मुंह बना-बनाकर गा रहा था:

ओ सिपाही बाबू
मुझ पर दया करो।
मैंने ठेके पर पी है
मुझको थाने ले चलो।...

उसे घेरकर बीसियों, उसी की तरह के जीर्ण-शीर्ण मनुष्य, जिनके शरीर से वहां की हर चीज़ की तरह, मछली और नमक की गन्ध आ रही थी, खड़े थे। पास ही रेत पर चार मैली-कुचैली और बदसूरत औरतें बैठी थीं और टीन की बड़ी केतली से ढाल-ढालकर चाय पी रही थीं। एक मछुआरा, सुबह के इसी वक्त, नशे में चूर होकर रेत पर लोट रहा था और बार-बार पांवों पर खड़े होने की कोशिश में लुढ़क-लुढ़क जाता था। कहीं से एक औरत के रोने और चीखने की तेज़ आवाज़ आ रही थी। कभी-कभी बेसुरे हारमोनियम के स्वर भी सुनाई दे जाते थे और चारों ओर मछली के पड़े हुए चोंइटे चमक रहे थे।

दोपहर के समय एक जगह पीपों के ढेर के साये में याकोव लेट गया और शाम तक वहीं सोया पड़ा रहा। जब नींद खुली तो वह फिर मछली के कारखाने का चक्कर काटने लगा। उसे यों ही लग रहा था कि जैसे कोई चीज़ उसे कहीं खींचे ले जा रही है।

दो घंटे घूमने के बाद कारखाने से काफ़ी दूर, एक छोटे पेड़ के साये में लेटी हुई मालवा दिखाई दी। वह करवट लेती हुई, कोई फटी-पुरानी किताब अपने हाथ में पकड़े हुए थी। याकोव को पास आते हुए देखकर वह मुसकराई।

"तो तुम यहां हो !" उसके पास बैठता हुआ वह बोला।

"क्या तुम मुझे देर से ढूंढ रहे हो ?" उसने इस विश्वास के साथ कहा

कि यह बात तो मुझे मालूम ही है।

"नहीं, तुम्हें कौन खोज रहा था !" याकोव ने कहने को तो कह दिया, लेकिन सहसा उसे ऐसा लगा कि सच ही वह इसी की खोज में अनजाने ही चक्कर लगा रहा था। उसने एक उलझन में अपना सिर हिलाया।

"तुम पढ़ सकते हो ?" मालवा ने पूछा।

"हां"...लेकिन अच्छी तरह नहीं। मैं सब भूल चुका हूं..."

"मैं भी अच्छी तरह नहीं पढ़ सकती।" तुमने स्कूल में पढ़ा है ?"

"हां, गांव के स्कूल में।"

"मैंने तो अपने ही से पढ़ना सीखा है।"

"सच ?"

"हां !...अस्त्राखान में एक वकील के यहां मैं बावर्ची का काम करती थी। उसी के लड़के ने मुझे पढ़ना सिखाया।"

"तब तुम कैसे कहती हो कि तुमने खुद पढ़ना सीखा ?" याकोव ने कहा।

उसने सख्ती से उसकी ओर देखा। फिर पूछा, "तुम्हें पढ़ने के लिए किताबें चाहिए ?"

"मुझे ? नहीं। क्या ज़रूरत है ?"

"मेरा तो पढ़ने का बहुत मन करता है। देखो, यह किताब मैं मैनेजर की बीवी से मांगकर लाई हूं। मैं इसे पढ़ रही थी।"

"यह किस विषय की किताब है ?"

"यह सन्त एलेक्सी के विषय में है।"

और बड़ी दर्दभरी आवाज़ में वह बताने लगी कि कैसे एक सम्पन्न, सुप्रसिद्ध घराने का एक लड़का जीवन के सुखों को तिलांजलि दे, घर छोड़कर चला गया और फिर कैसे वह गरीब होकर चिथड़ों में लिपटा हुआ वापस आया और अपने ही माता-पिता के घर के आंगन में कुत्तों के साथ सारी ज़िन्दगी काट दी और मरने के दिन भी उसने बताया कि वह कौन था।

कहानी खत्म करने के बाद मालवा ने याकोव से धीमे स्वर में पूछा, "ऐसा उसने क्यों किया ?"

"कौन जाने ?" बिना किसी दिलचस्पी के याकोव ने कहा।

रेत के ढेर पर से हवा रेत उड़ा रही थी और उनके चारों ओर लहरें टकरा रही थीं। दूर से अस्पष्ट और घुटी हुई आवाज़ें आ रही थीं—कारखाने से खुशियां मनाने की। रेत पर अपनी किरणों से गुलाबी रंग छिड़कता हुआ सूरज डूब रहा था। समुद्र से आने वाली धीमी हवा पेड़ के छिदरे पत्तों को हलके-हलके फड़फड़ा रही थी। मालवा खामोश थी और जैसे बड़े ध्यान से कुछ सुनने की चेष्टा कर रही थी।

"तुम आज टीले पर क्यों नहीं गईं ?" अचानक याकोव ने पूछा।

"उससे तुम्हारा क्या मतलब ?"

एक भूखे की तरह याकोव ने अपनी आंखों के कोनों से उस औरत की ओर देखा। वह सोच रहा था कि इस औरत से अपने मन की बात कैसे कहे?

"जब मैं अकेली होती हूं और चारों ओर सन्नाटा छाया रहता है," मालवा ने दर्दभरी आवाज़ में कहा, "तो मेरा जी रोने को करता है... या गाने को। लेकिन मुझे कोई अच्छा गाना नहीं आता और रोने में मुझे शर्म आती है... "

मालवा की कोमल और धीमी आवाज़ याकोव ने सुनी, किन्तु उसकी बात ने उसके हृदय का कोई तार न छुआ। उलटे उसे पाने की उसकी इच्छा और तीव्र हो उठी।

"अच्छा, अब मेरी बात सुनो," याकोव ने उसके पास खिसकते हुए किन्तु अपनी आंख दूसरी ओर किए हुए कहा, "जो मैं कह रहा हूं सुनो.. मैं जवान हूं।"

"और मूर्ख, महामूर्ख भी !" उसकी बात काटते हुए मालवा ने अपना सिर हिलाकर गंभीरता के साथ कहा।

"अच्छा, मान लो मैं मूर्ख हूं," याकोव ने पीड़ित स्वर में उत्तर दिया,

"क्या ऐसी बातों के लिए भी किसी का बुद्धिमान होना ज़रूरी है ? बहुत अच्छा—तुम मुझे मूर्ख कहो। लेकिन मुझे जो करना है, वह यह है...क्या तुम राजी..."

"नहीं, हर्गिज़ नहीं !"

"क्या ?"

"कुछ नहीं !"

"बेवकूफी की बात मत करो !" धीरे से उसके कन्धों पर हाथ रखकर याकोव ने कहा, "ज़रा मेरी बात समझने की कोशिश करो... "

"हट जाओ याश्का !" उसने कड़े शब्दों में उसके हाथ हटाकर कहा, "यहां से चले जाओ !"

याकोव ने खड़े होकर चारों ओर देखा।

"बहुत अच्छा !... अगर ऐसी बात है तो मुझे परवाह नहीं ! यहां तुम्हारी तरह की कितनी ही चारों ओर बिखरी पड़ी हैं। क्या तुम समझती हो कि किसी भी माने में तुम उनसे बेहतर हो?"

"तुम एक पिल्ले हो।" उसने शान्त स्वर में कहा और खड़ी होकर अपने स्कर्ट से रेत झाड़ने लगी।

दोनों साथ-साथ कारखाने की ओर चल पड़े। उनके पांव बालू में धंस रहे थे, इसलिए वे तेज़ न चल पा रहे थे।

याकोव बड़े भद्दे ढंग से अपनी इच्छापूर्ति के लिए उसे मनाने की कोशिश कर रहा था, लेकिन वह बड़े शान्त ढंग से उस पर हंस रही थी और उसके निवेदनों का बड़ी निष्ठुरता से मज़ाक बना रही थी।

"तुम मुझे चिढ़ाने के लिए यह सब कर रही हो... मुझे उकसाने के लिए नहीं? ऐसा तुम क्यों कर रही हो ? याद रखना, इसके लिए तुम्हें पछताना पड़ेगा !"

"छोड़ो मुझे ! मैं कहती हूं !" उसकी पकड़ से अपने को छुड़ाती हुई मालवा ने कहा और छिटककर चल पड़ी।

एक झोंपड़ी के कोने से उन्हें देखकर सेर्योझका प्रकट हुआ और

उनके पास जाकर एक दुष्टतापूर्ण मुसकान के साथ, अपने उलझे, आग के रंगों के बालों को हिलाकर उसने कहा :

"सैर करने गए थे, एं? बहुत अच्छा !"

"तुम सब जहन्नुम में जाओ !" क्षुब्ध होकर मालवा चीख पड़ी।

याकोव सेर्योझका के सामने खड़ा होकर उसे अपनी निराशापूर्ण आंखों से घूरने लगा। उनके बीच की दूरी करीब दस डग थी।

सेर्योझका ने भी उसकी ओर घूरकर उसका जवाब दिया। एक मिनट तक वे दोनों दो मेंढ़ों की तरह एक-दूसरे से भिड़ने के लिए तैयार खड़े रहे, फिर चुपचाप विपरीत दिशाओं में चल पड़े।

समुद्र शान्त था। सन्ध्या की लाली उस पर चमक रही थी। कारखाने से कितनी ही घुटी हुई आवाज़ें आ रही थीं और उनके ऊपर-ऊपर एक नशे में चूर किसी और का यह प्रलाप स्पष्ट सुनाई दे रहा था :

...टा—अगरगा, माटागरगा,
मेरे माटानिचका...का !
चूर न-शे में लड़खड़ाती मैं
बिखरी, कुचली, बड़बड़ाती मैं—अह !

कारखाने के वातावरण में, नमक में सूखती और सड़ती मछलियों की दुर्गन्ध के ऊपर गूंजते हुए ये घिनौने शब्द ऐसे लग रहे थे, जैसे लहरों के संगीत को कोई गाली बक रहा हो।

तीन

प्रातः के कोमल प्रकाश में समुद्र झपकियां ले रहा था। मोती के रंगों के बादलों के टुकड़े उसमें अपना मुंह देख रहे थे। टीले के पास तट पर नींद में माते मछुआरे मछली मारने की नाव पर हरबा-हथियार रख रहे थे।

एक भूरे रंग का जाल रेत से होकर नाव तक फैला था और उसकी तहें ज़मीन पर बिछी थीं।

हमेशा की तरह अर्द्ध-नग्न और नंगे सिर सेर्योझका नाव के माथे पर खड़ा नशे से चूर आवाज़ में मछुआरों को ललकार रहा था। हवा उसकी फटी हुई पतलून की छेदों में घुसकर खेल रही थी और उसके बिखरे बालों को लहरा रही थी।

"वास्सीली ! वे हरे चप्पू कहां हैं ?" किसी ने चिल्लाकर कहा।

जेठ की दुपहरी की तरह लाल हुआ वास्सीली नाव पर जाल चढ़ा रहा था और सेर्योझका उसकी झुकी हुई पीठ को देखता अपने होंठ चाट रहा था—ऐसा करके वह संकेत कर रहा था कि टूटते नशे को जमाने के लिए

उसे शराब की ज़रूरत है।

"तुम्हारे पास कुछ बोदका है?" उसने पूछा।

"हां!" वास्सीली ने उदास स्वर में उत्तर दिया।

"तब तो मैं नहीं जाऊंगा।... मैं उस सूखे किनारे पर ठहर जाऊंगा।"

"तैयार!" तट से कोई पुकार उठा।

"चलो! जोर लगाओ!" सेर्योझका ने आदेश दिया और नाव से नीचे कूदकर कहा, "आगे बढ़ो!" उसने आदमियों से कहा, "मैं यहां रुकुंगा। जाल को अच्छी तरह फैलाकर डालना, देखना, कहीं उलझ न जाए! और एक साथ चारों ओर से खींचना और मुंह को मत बांधना।"

नाव पानी में ढकेल दी गई। मछुआरे उस पर चढ़ गए और अपने-अपने चप्पू उठाकर रवाना होने के आदेश की प्रतीक्षा करने लगे।

"एक!"

सभी चप्पू एक साथ पानी पर पड़े और नाव समुद्र के अनन्त विस्तार पर तीर की तरह बढ़ चली। प्रातः का प्रकाश उस पर चमक रहा था।

"दो!" पतवार पर तैनात आदमी ने आदेश दिया।

और चप्पू उठकर बड़े कबूतर के पंजों की तरह नाव के दोनों ओर पानी पर पड़ने लगे, "एक-दो!..."

तट पर पांच आदमी सूखे जाल के सिरे की तरफ थे—सेर्योझका, वास्सीली और तीन दूसरे। उनमें से एक रेत पर लुढ़ककर बोला :

"तब तक मैं ज़रा और सो लूं!"

दो और आदमियों ने भी वैसा ही किया और इस तरह गन्दे चिथड़ों में लिपटे हुए तीन व्यक्ति गुड़ीमुड़ी होकर रेत पर पड़ गए।

"इतवार को तुम क्यों नहीं आए?" झोंपड़ी की ओर साथ-साथ चलते हुए वास्सीली ने सेर्योझका से पूछा।

"न आ सका।"।

"क्यों, अधिक पी गए थे क्या?"

"नहीं, मैं तुम्हारे बेटे और उसकी सौतेली मां पर नज़र रखे हुए था।"

सेर्योझका ने शान्त स्वर में कहा।

"अपने लिए तुमने यह एक अच्छा काम ढूंढ़ लिया है !" टेढ़ी मुस्कान के साथ वास्सीली ने कहा, "क्या वे कोई बच्चे हैं ?"

"वे बच्चों से भी गए-बीते हैं।...एक तो मूर्ख है और दूसरी...एक संन्यासिनी..."

"क्या ? मालवा संन्यासिनी है ?" वास्सीली ने पूछा। उसकी आंखों में गुस्से का रंग आ गया था, "कब से वह संन्यासिनी है ?"

"उसकी आत्मा उसके शरीर से अलग है, भाई !"

"वह कोई साधारण दुष्टात्मा नहीं !"

सेर्योझका ने कनखियों से वास्सीली की ओर देखा और नफरत से भरकर, नाक से सांस फेंककर बोला :

"दुष्टात्मा ! अख !...तुम लोग बस मूर्ख हलवाहे ही हो ! तुम लोग कुछ नहीं समझते...। तुम्हारे लिए औरत बस एक हाड़-मांस की पुतली है।...तुम लोग औरत के चरित्र के विषय में कभी सोचते नहीं।...तुम्हें क्या मालूम कि औरत का व्यक्तित्व उसका चरित्र है। चरित्ररहित औरत नमकरहित रोटी की तरह है। क्या बिना तार का बेंजो बजाने में कोई मज़ा तुम्हें मिलेगा ?... थूह !"

"जाओ ! मालूम होता है, कल बड़ी गहरी बातें हुई हैं !" नाक सिकोड़कर वास्सीली बोला।

सच तो यह है कि वास्सीली यह जानने को मर रहा था कि सेर्योझका ने मालवा और याकोव को कहां देखा था और वे क्या कर रहे थे, लेकिन पूछने में उसे बड़ी शर्म आ रही थी।

झोंपड़ी के अन्दर घुसकर उसने सेर्योझका के लिए एक पूरा गिलास बोदका इस आशा में ढाला कि यह माल्रा उसकी ज़बान को ढीला कर देगी और वह आप ही मालवा और याकोव के विषय में बकने लगेगा।

लेकिन पूरा गिलास गटक लेने के बाद भी सेर्योझका जरा-सा घुरघुराकर गम्भीर ही बना रहा। वह झोंपड़ी के दरवाजे पर बैठ गया और

पांव फैलाकर जंभाई लेने लगा।

"इस तरह पीना आग निकालने के बराबर है।" उसने कहा।

"तब तो तुम अब नहीं पी सकते!" वास्सीली ने कहा। वह चकित था कि सेर्योझका कैसे एक ही बार में पूरा गिलास उतार गया!

"क्यों नहीं, अब भी पी सकता हूं!" उस आवारे ने अपना तमतमाया हुआ माथा हिलाते हुए हथेली से भीगी मूंछों को पोंछते हुए कहा, "हां, मैं पी सकता हूं, बिरादर! मैं इसी तरह हर काम तेज़ी से और सीधे करता हूं। मुझे आगे-पीछे सोचना पसन्द नहीं। सीधे आगे बढ़ो, यही मेरा सिद्धान्त है। तुम कहां पहुंचते हो, इसका क्या महत्त्व है? हम सबकी एक ही गति है—मिट्टी की काया मिट्टी में। और इससे तुम कभी भी नहीं बच सकते!"

"तुम काकेशस जाना चाहते थे, नहीं?" वास्सीली ने बड़ी होशियारी से उसे अपने विषय पर लाने के लिए पूछा।

"जब मन होगा तो चला ही जाऊंगा। मन हुआ नहीं कि सीधे चल पड़ूंगा—चट एक-दो-तीन।...मैं तो दो ही बातें जानता हूं—या तो अपने मन की या सिर फोड़ लेना।... यह सब कोई उतना कठिन नहीं!"

"हां, इससे आसान क्या हो सकता है? मालूम होता है कि तुम्हारी ज़िन्दगी का दिमाग से कोई सम्बन्ध नहीं है।"

सेर्योझका ने वास्सीली की ओर हंसकर देखा और कहा, "तुम अपने को बहुत चतुर समझते हो, है न? अच्छा, यह तो बताओ कि वोलोस्ट के थाने पर तुम कितनी बार कोड़े से पीटे गए हो?"

वास्सीली ने घूरकर सेर्योझका की ओर देखा, लेकिन बोला कुछ नहीं।

"तुम्हारी पीठ के रास्ते से पुलिस जो तुम्हारे सिर में बुद्धि घुसेड़ती है, वह तुम्हें अच्छा लगता है न?... अख! तुम! तुम बुद्धि का क्या करोगे? वह तुम्हें कहां ले जाएगी? तुम उससे सोच ही क्या सकते हो? मैं ग़लत तो नहीं कहता? लेकिन मैं बिना अपने दिमाग को तकलीफ

दिए सीधे आगे बढ़ता हूं और मुझे कभी भी उसका अफसोस नहीं होता ! और चाहो तो तुम मुझसे बाज़ी लगा सकते हो, मैं हमेशा ही तुमसे आगे रहूंगा !" आवारे ने घमण्ड के साथ कहा।

"बेशक-बेशक ! मुझे इसका विश्वास है !" ज़ोर से हंसकर वास्सीली ने कहा, "तम साइबेरिया तक पहुंच जाओगे !"

सेर्योझका ठठाकर हंस पड़ा।

वास्सीली ने जैसा सोचा था, सेर्योझका पर बोदका का असर नहीं हुआ। इससे उसे गुस्सा-सा आ गया। वह उसे एक गिलास और दे सकता था, लेकिन बोदका के प्रति वह बहुत ही कंजूस था। साथ ही एक यह भी बात थी कि वह यह जानता था कि जब तक सेर्योझका होश में रहेगा, उसके पेट से कोई बात निकालना मुश्किल है। लेकिन उस आवारे ने बिना किसी उकसावे के ही स्वयं वह विषय छेड़ दिया।

"क्या बात है, मालवा के बारे में तुम पूछ ही नहीं रहे हो ?" उसने जानना चाहा।

"मैं क्यों पूछूं ?" बिना कोई दिलचस्पी दिखाए वास्सीली ने जवाब दिया। किन्तु मन ही मन आगे आने वाली बात की आशंका से कांप-सा उठा।

"पिछले इतवार को वह यहां नहीं आई थी, ठीक है न ? फिर तुम मुझसे यह क्यों नहीं पूछते कि वह पिछले कुछ दिनों से क्या हरकत कर रही है ?... मैं जानता हूं, बूढ़े शैतान, तुम उससे जलते हो, नहीं ?"

"उसकी जैसी कितनी ही पड़ी है !" वास्सीली ने नफरत से भरकर अपना एक हाथ हवा में लहराते हुए कहा।

"कितनी ही उसकी जैसी पड़ी है ?" सेर्योझका ने प्रत्युत्तर दिया, "देहाती बोंच ! तुम्हें तो यह भी मालूम नहीं कि शहद और कोलतार में क्या फ़र्क होता है !"

"आख़िर किसलिए तुम उसे आसमान में चढ़ा रहे हो ? कहीं उसकी ओर से शादी की दलाली करने तो नहीं आए हो? लेकिन अब तो बहुत

देर हो गई है। शादी तो बहुत पहले ही हो चुकी है।" वास्सीली ने उसकी खिल्ली उड़ाई।

सेर्योझका एक क्षण उसे खामोशी से देखता रहा। फिर उसके कन्धे पर हाथ रखकर बड़ी सच्चाई के साथ उसने कहा :

"मुझे मालूम है कि वह तुम्हारे साथ रहती है। मैंने कोई अड़चन नहीं डाली—उसकी कोई ज़रूरत भी नहीं थी।...लेकिन, याश्का, अब वह तुम्हारा बेटा उसका चक्कर काट रहा है। तुम उसे इसका मज़ा चखा दो। सुन रहे हो न जो मैं कह रहा हूं? अगर तुम कुछ नहीं करोगे, तो फिर मुझे ही वह करना पड़ेगा।...तुम आदमी भले हो।...लेकिन काठ के उल्लू भी हो।...तुमसे मैं कुछ नहीं कहता, लेकिन वह...मेरी बात को याद रखना।"

"तो धरती ने यह करवट ली है! तुम भी तो उसके चक्कर में हो, नहीं ?" वास्सीली ने खोखले स्वर में कहा।

"मैं भी ?... अगर मैं उसे चाहता तो उसे पाने के लिए सीधे आगे नहीं बढ़ता क्या ? फिर तो, बच्चू, तुम सभी हवा में नज़र आते, मेरे रास्ते में खड़ा होने वाला कहां जन्मा है ?... लेकिन मैं भला उसके किस काम का हूं?"

"फिर तुम क्यों अपनी नाक इस मामले में घुसेड़ रहे हो ?" वास्सीली ने सन्देह से उसकी ओर देखते हुए कहा।

इस मामूली सवाल ने सेर्योझका को ज़रूर अचम्भे में डाल दिया होगा। तभी तो उसने अपनी आंखें सीमा तक फैलाकर वास्सीली को घूरा और फिर ज़ोर से हंसकर बोला :

"मैं अपनी नाक क्यों घुसेड़ रहा हूं, यह तो शैतान को ही मालूम है। ... लेकिन क्या गज़ब की वह औरत है ! कितनी मज़ेदार !.. मुझे वह बहुत पसन्द है।... शायद मुझे उसके लिए अफसोस भी होता है।..."

वास्सीली ने उसकी ओर अविश्वास के साथ देखा, लेकिन उसे मन में लगा कि सेर्योझका झूठ नहीं बोल रहा है।

"अगर वह कोई अछूती कुंवारी लड़की होती, तो उसके लिए तुम्हारा अफसोस कोई माने रखता। लेकिन जैसाकि है...तुम्हारी बात मुझे बड़ी अजीब लगती है।" उसने कहा।

दूर, समुद्र में मछली मारने वाली नाव की ओर देखता सेर्योझका खामोश बना रहा। नाव एक बड़ा वृत्त बनाती हुई अपना मुंह तट की ओर मोड़ रही थी। सेर्योझका की आंखें पूरी खुली हुई थीं और उनसे निष्कपटता झांक रही थी और उसके चेहरे पर भोलेपन और दया का भाव था।

वास्सीली उसकी ओर देखकर नर्म पड़ गया।

"हां, तुम जो कह रहे हो, सच है। वह एक अच्छी औरत है...बस ज़रा आचरण की कमज़ोर है।... जहां तक याश्का का सम्बन्ध है, मैं उसे जहन्नुम में भेज दूंगा।... पिल्ला !"

"मुझे वह बिलकुल पसन्द नहीं।" सेर्योझका ने कहा।

"तुम कह रहे थे कि वह मालवा पर डोरे डाल रहा है ?" दांत पीसकर दाढ़ी नोचते हुए वास्सीली ने फुंफकार कर कहा।

"वह तुम्हारे और मालवा के बीच में ज़रूर टांग अड़ाएगा, यह मेरा निश्चित मत है !" सेर्योझका ने ज़ोर देकर कहा।

खुले पंखे की तरह क्षितिज पर उगते हुए सूर्य की किरणें फूट पड़ीं। लहरों की आवाज़ को लांघती हुई दूर नाव से एक धीमी पुकार उनके कानों में सुनाई पड़ी :

"ए-ह-ो-ो-य।... नाव को पकड़ो !"

"उठो छोकरो ! हे ! जाल पर पहुंचो !" सेर्योझका ने आदेश दिया।

सब कूदकर खड़े हो गए और चट दौड़कर जाल के अपने-अपने हिस्से पर जा पहुंचे। एक लम्बा, बटा हुआ और इस्पात की तरह लचीला तार का रस्सा पानी से तट तक फैला हुआ था। पांचों मछुआरे उस रस्से को अपनी कमर में बांधकर, ज़ोर लगाकर, तट की ओर हांफते हुए खींचने लगे।

और उधर लहरों पर छहलाती मछली मारने वाली नाव जाल के दूसरे सिरे को समेट रही थी।

बड़ा, चमकीला सूर्य का गोला क्षितिज से निकलकर समुद्र पर चढ़ गया।

"याकोव मिले, तो उससे कहना कि कल आकर मुझसे मिले।" वास्सीली ने सेर्योझका से निवेदन किया।

"बहुत अच्छा !"

नाव तट के पास सरक आई तो मछुआरे उस पर से कूद पड़े और अपने-अपने हिस्से का जाल ज़ोर से पकड़कर खींचने लगे। जाल खींचते हुए दोनों दल एक-दूसरे के पास आने लगे। जाल से बंधे पानी में उतराए हुए काग डूबते-उतराते हुए अर्द्ध-वृत्त बना रहे थे।

चार

रात उतर आई थी। मछली के कारखाने पर मछुआरे रात का खाना खा रहे थे। लेकिन थकी हुई मालवा एक टूटी हुई उलटी नाव पर बैठी समुद्र की ओर एकटक देख रही थी। समुद्र पर अन्धकार छाया था। बहुत दूर एक रोशनी चमकती हुई दिखाई दे रही थी। मालवा जानती थी ? वह रोशनी उस आग की है, जो वास्सीली रोज़ रात को जलाता है। वह रोशनी समुद्र के अन्धकारपूर्ण विस्तार में भटके हुए एक अकेले भूत की तरह दिखाई देती थी। रोशनी कभी तो ज़ोर से चमक उठती और कभी जैसे पीड़ा से कातर होकर मद्धिम पड़ जाती थी। लहरों के अछोर वितान पर उस टिमटिमाती हुई रोशनी के लाल कण देखकर मालवा का मन उदासी से भर जाता था। उस अनन्त विस्तार में रोशनी के एक कण का भला क्या अस्तित्व था ! अचानक अपने पीछे से उसे सेर्योझका की आवाज़ सुनाई दी :

"तुम यहां कैसे बैठी हो ?"

"तुमसे मतलब ?" बिना उसकी ओर देखे मालवा ने जैसे डांटकर

पूछा।

“कुछ मतलब तो ज़रूर है।”

उसने आगे कुछ न कहा, लेकिन उसे ऊपर से नीचे तक देखा। फिर एक सिगरेट बनाकर जलाया और उलटी हुई नाव पर दोनों ओर पैर लटकाकर बैठ गया। कुछ देर बाद उसने दोस्ताना अन्दाज़ में कहा :

“तुम भी एक अजीब औरत हो ! कभी तो हर आदमी से पीछा छुड़ाकर भागती हो और कभी जो भी मिल जाता है, उसके गले पड़ जाती हो।”

“तुम्हारे गले तो मैं नहीं पड़ती, क्यों ?” उसने आवेशरहित स्वर में कहा।

“नहीं, मेरे गले नहीं, लेकिन याश्का के गले तो पड़ी हो।”

“और तुमको उससे ईर्ष्या होती है ?”

“हुंः !... आओ, हम सीधे बातें करें—दिल से, क्यों ?” मालवा के कन्धे को थपथपाते हुए सेर्योझका ने एक सुझाव रखा।

“बहुत अच्छा !” मालवा ने कहा।

वह उसके तिरछे बैठी थी, इसलिए सेर्योझका उसके चेहरे का भाव न देख सका।

“तो बताओ, वास्सीली को तुमने छोड़ दिया ?”

“मुझे नहीं मालूम।” मालवा ने जवाब दिया। ज़रा ठहरकर उसने आगे कहा, “यह सवाल तुम क्यों पूछते हो ?”

“ऐसे ही।”

“मैं उस पर गुस्सा हूं।”

“क्यों ?”

“उसने मुझे मारा।”

“क्या कहती हो !... उसने तुम्हें मारा, उसने ? और तुमने उसकी मार खा ली ! ओह ! ओह !”

सेर्योझका के आश्चर्य की सीमा न थी। उसने कनखियों से उसकी ओर

देखा और व्यंग्य से अपनी ज़बान बजाई।

"अगर मैं नहीं चाहती तो वह मुझे हर्गिज नहीं मार सकता था।" उसने आवेश के साथ कहा।

"फिर तुमने उसे रोका क्यों नहीं?"

"रोकने को मन ही नहीं हुआ।"

"इससे तो मालूम होता है कि तुम इस बूढ़े बिल्ले के प्रेम में सिर से पांव तक डूबी हुई हो।" सेर्योझका ने अपनी सिगरेट का धुआं उसके मुंह पर फेंकते हुए कहा, "मुझे ताज्जुब होता है, मैं तो सोचता भी नहीं था कि तुम इस तरह की औरतों में हो!"

"मैं तुममें से किसी से भी प्रेम नहीं करती।" उसके धुएं को हाथ से हटाते हुए उसने शान्त स्वर में कहा।

"यह झूठ है।"

"मैं झूठ क्यों बोलूंगी?" उसने पूछा।

उसकी आवाज़ के रूप से सेर्योझका को विश्वास हो गया कि वह झूठ नहीं बोल रही थी।

"तुम उससे प्रेम नहीं करतीं, तो फिर क्यों तुमने उसकी मार खाई?" उसने गंभीर स्वर में पूछा।

"मुझे क्या मालूम? आख़िर क्यों तुम मुझे इस तरह बार-बार परेशान कर रहे हो?"

"अजीब बात है?" सिर हिलाते हुए सेर्योझका ने कहा।

फिर बहुत देर तक दोनों खामोश बैठे रहे।

रात भीग चली थी। आकाश में बादल तैर रहे थे; और उनका प्रतिबिम्ब समुद्र में पड़ रहा था। लहरों का स्वर धीमा और अस्पष्ट हो गया था।

"मुझे बताओ," उसने कहा, "आख़िर तुम क्या चाहती हो?"

"काश, मुझे मालूम होता कि मैं क्या चाहती हूं!" मालवा ने एक गहरी सांस लेकर, बहुत ही धीमे स्वर में कहा।

"सच ही तुम्हें नहीं मालूम ? यह तो बहुत बुरा है !" सेर्योझका ने हर शब्द पर ज़ोर देकर कहा, "मुझे तो हमेशा यह मालूम रहता है कि मैं क्या चाहता हूं !" और उसने अपने स्वर में उदासी का पुट देकर आगे कहा, "लेकिन मेरी समस्या तो यह है कि मैं शायद ही कोई चीज़ चाहता होऊं"

"और मैं हमेशा ही कुछ न कुछ चाहती रहती हूं," मालवा ने दर्दभरी आवाज़ में कहा, "लेकिन वह क्या होता है... मैं भी नहीं समझ पाती। कभी-कभी मेरा मन एक नाव में चढ़कर समुद्र पर जाने को होता है ... जी होता है कि समुद्र पर दूर, बहूत दूर चली जाऊं और फिर कभी किसी को न देखू। और कभी-कभी मन में आता है कि मैं हर आदमी को सिर के बल खड़ा कर दूं और फिर लट्टू की तरह अपने चारों ओर नचाऊं और उसे देखूं और हंसूं। कभी-कभी मुझसे सब आदमियों के लिए बड़ा अफसोस होता है और सबसे अधिक तो अपने पर ही अफसोस होता है। कभी-कभी जी करता है कि सबको मार डालूं और फिर खुद भी उस खौफनाक मौत को अपने गले लगा लूं।... कभी-कभी मन बहुत उदास हो जाता है और कभी-कभी बहुत ही खुश।... मेरे चारों ओर के इंसान बेहद उबाने वाले हैं, जैसे कि काठ के कुन्दे।"

"तुम बिलकुल ठीक कहती हो, लोग बिलकुल बेकार हैं।" सेर्योझका ने अपनी सहमति प्रकट की, "कितनी बार मैंने तुम्हें देखकर मन में सोचा है कि न तो तुम मछली हो, न मांस हो, न चिड़िया।...लेकिन जो हो, तुममें कुछ खास ज़रूर है...तुम दूसरी औरतों की तरह नहीं हो।"

"और तुम इसके लिए भगवान का धन्यवाद करो!" हंसकर मालवा बोली।

उनकी बाईं तरफ रेत के ढूहों के पीछे से चांद निकला और उसका रजतोज्ज्वल प्रकाश समुद्र पर बिछ गया। नीले आकाश पर बड़ा और मद्धिम चांद तैरने लगा और उसके स्वप्निल, समान रूप से चारों ओर फैले हुए प्रकाश में भी सितारों की दमक फीकी पड़ गई।

मालवा मुस्कराकर बोली, "तुम भला क्या जानो ?... कभी मन में आता है कि इन झोंपड़ियों में से एक में आग लगाकर देखूं कि क्या तमाशा खड़ा होता है ! कैसा हल्ला-गुल्ला मचेगा !"

"लेकिन मुझे तो कुछ और ही कहना है !" प्रशंसा की दृष्टि से उसकी ओर देखते, उसके कन्धे पर हाथ मारकर सेर्योझका ज़ोर से बोला, "तुम सोच सकती हो क्या? मैं तुम्हें एक खेल सिखाऊंगा और हम दोनों मिलकर उसे खेलेंगे। तुम राज़ी हो ?"

"शायद !" उत्सुकता से भरकर मालवा बोली।

"तुमने याश्का के दिल में एक आग जला दी है, नहीं ?"

"हां, वह भट्ठी की तरह जल रहा है।" मालवा ने मज़ा लेते हुए कहा।

"तुम उसे उसके बाप से लड़ा दो ! भगवान कसम, बड़ा मज़ा आएगा। ...वे दोनों दो भालुओं की तरह भिड़ जाएंगे।...तुम उधर उस बुड्ढे को और इधर इस छोकरे को ज़रा चढ़ा दो।...फिर हम उन दोनों को एक-दूसरे के ख़िलाफ़ भिड़ा देंगे। तुम्हारा क्या ख्याल है, एं?"

मालवा ने घूमकर सेर्योझका के लाल, हंसमुख और मुस्कराते हुए चेहरे को घूरकर देखा। जो चेहरा दिन में सूरज के तेज़ प्रकाश में बेहद खुरदरा दिखाई देता था, इस समय चंद्रमा के प्रकाश में वह खासा सौम्य दिखाई दे रहा था। उस पर गुस्से का कोई चिह्न तक न था, केवल थोड़ी शरारत से भरी एक भलेमानुसों की-सी मुस्कान थिरक रही थी।

"आख़िर तुम उन पर क्यों नाराज़ हो ?" मालवा ने सन्देह से भरकर उससे पूछा।

"मैं ?... ओह, वास्सीली तो ठीक है। वह अच्छा आदमी है। लेकिन याश्का...वह बेकार है।...सच पूछो, तो मुझे सब किसानों से नफरत है। ... वे सब घिनौने होते हैं।...वे गरीब और बेसहारा होने का दिखावा करते हैं... लेकिन उन्हें रोटी या किसी चीज़ की कोई कमी नहीं होती। उनकी पंचायतें होती हैं, सुनती हो, और वे पंचायतें उनके लिए सब कुछ करती

हैं।... उनके यहां खेती होती है, उनके अपने खेत और ढोर होते हैं।... एक बार मैंने एक पंचायत के डाक्टर के यहां कोचवान की नौकरी की थी। उसी दौरान में किसानों को अच्छी तरह देखने का मुझे अवसर मिला था।... और उसके बाद बहुत दिनों तक मैं रास्ते का भिखारी बना रहा था।... किसी गांव में जाकर अगर तुमने एक-एक रोटी के टुकड़े की भी फरियाद की, तो जानती हो क्या होगा? वे तुरन्त तुम्हें पकड़ लेंगे और तरह-तरह के सवाल करने लगेंगे—तुम कौन हो? तुम क्या करते हो? तुम्हारा पासपोर्ट कहां है ?... अनेक बार मेरे साथ ऐसा ही हुआ। कभी-कभी तो वे समझेंगे कि तुम घोड़े चुराने वाले हो और कभी-कभी तो बिना किसी कारण के ही वे तुम्हें बाड़े में बंद कर देंगे। ...वे हमेशा झींकते रहते हैं और ग़रीब होने का बहाना करते रहते हैं, लेकिन ख़ूब आराम से ज़िन्दगी बसर करते हैं। उनके पास एक थाती होती है—ज़मीन। उनके मुकाबले में भला मैं क्या हूं ?..."

"तुम किसान नहीं हो क्या ?" मालवा ने उसकी बात काटकर पूछा।

"नहीं !" सेर्योझका ने अपने स्वर में गर्व का पुट लाकर कहा, "मैं शहर का पला हूं। मैं उगलिच शहर का बाशिन्दा हूं।"

"और मैं पावलिश की रहने वाली हूं।" मालवा ने दर्दभरी आवाज़ में कहा।

"मुझे किसी का आसरा नहीं," सेर्योझका ने आगे कहा, "लेकिन किसान...वे कम्बख्त हर हालत में ज़िन्दा रह सकते हैं। उनकी पंचायतें होती हैं, उनके पास क्या नहीं है !"

"यह पंचायत क्या होती है ?"

"पंचायत क्या है ? भगवान जाने। इसे किसानों के लिए बनाया गया था। इसी की उनके यहां हुकूमत चलती है।...लेकिन इसे जहन्नुम में भेजो।... अब हमें काम की बात करनी चाहिए—तो यह मज़ाक का खेल खेलने के लिए तुम तैयार हो ? बोलो। इससे कोई नुकसान नहीं होगा।

बस, ज़रा उनमें लड़ाई होगी।... वास्सीली ने तुम्हें पीटा था न ? अब उसे इसका बदला उसके बेटे से दिलवाओ।"

"यह ख्याल कोई बुरा तो नहीं।" मालवा ने मुस्कराकर कहा।

"ज़रा सोचो तो..." वह दृश्य क्या देखने लायक न होगा, जब तुम्हारे लिए दो आदमी एक-दूसरे की पसलियां तोड़ने पर उतारू हो जाएंगे ? और यह तमाशा सिर्फ़ तुम्हारी एक बात से खड़ा हो सकता है। एक या दो बार तुमने ज़बान हिलाई नहीं कि वे एक-दूसरे पर पिल पड़ेंगे।"

मज़ा ले-लेकर, तनिक गम्भीरता से, सेर्योझका ने बड़े उत्साह के साथ विस्तारपूर्वक यह बात मालवा को समझाई कि वह जो अभिनय करने जा रही है, वह बहुत ही मज़ेदार होगा।

"ओह, काश, मैं एक सुन्दर औरत होता, तो दुनिया में तहलका मचा देता !" बात ख़त्म करते हुए, अपने दोनों हाथ सिर पर रखकर सेर्योझका ने कहा और अपनी आंखें ऐसे मूंद लीं, जैसे आनन्द-विभोर हो उठा हो।

जब वे वहां से विदा हुए, तो चांद ऊपर चढ़ आया था। उनके वहां से हट जाने से जैसे रात्रि का सौन्दर्य बढ़ गया। अब वहां केवल सीमाहीन, गंभीर सागर था, उजला चांद था और तारों से टंका हुआ नीला आकाश था। रेत के ढूह थे और उन पर उगी हुई झाड़ियां थीं और रेत के मैदान में दो लम्बे घरों के खंडहर थे, जो दो बहुत बड़े-बड़े कुघड़ ताबूतों की तरह दिखाई दे रहे थे। लेकिन समुद्र के सामने वह सब-कुछ तुच्छ और अस्तित्वहीन-सा लगता था और कदाचित् इसी कारण तारे नफरत से उनकी ओर देखते हुए शीतल प्रकाश के साथ चमक रहे थे।

पांच

झोंपड़ी में एक-दूसरे के सामने बैठे हुए बाप और बेटा बोदका पी रहे थे। यह बोदका बेटा लाया था। वह बाप को खुश करना और उसके साथ ज़रा मौज उड़ाना चाहता था। सेर्योझका ने उसे बताया था कि मालवा को लेकर उसका बाप उस पर बहुत गुस्सा है और उसने मालवा को जान से मार डालने की धमकी दी है और इसी कारण मालवा याकोव से अपने को बचा रही है। सेर्योझका ने हंसकर कहा :

"तुम्हारी बदमाशी का मज़ा वह चखाएगा। वह तुम्हारे कान इतना खींचेगा कि वे एक-एक गज़ लम्बे हो जाएंगे। अच्छा हो कि तुम कभी उसके पास जाओ ही नहीं!"

उस लाल बाल वाले, घृणित आदमी की हंसी से याकोव का मन अपने पिता के प्रति क्रोध से जल उठा था। और इसके ऊपर मालवा का आचरण—उसका कभी इस तरह देखना, जैसे परसी थाली दूर से ही दिखाकर ललचा रही हो, और कभी इस तरह कि मैं तो तुम पर जान देती हूं—याकोव के लिए असह्य हो रहा था, उसे जल्दी से जल्दी प्राप्त

करने की इच्छा को दबाना उसके लिए कठिन था।

और स्थिति में, अपने पिता को अपने रास्ते का रोड़ा समझकर, वह आज यहां आया था। लेकिन यह रोड़ा ऐसा न था कि आदमी उसे लांघकर या उसके एक ओर से बराबर आगे निकल जाए। लेकिन तो भी उसे अपने बाप से ज़रा भी डर न लग रहा था। और उसके सामने, उसे इस तरह निर्भीकता से घूरता हुआ बैठा था, जैसे कह रहा हो, ज़रा मुझे छूने की हिम्मत तो करो !

वे दो बार पी चुके थे, लेकिन मछली के कारखाने के विषय में एकाध साधारण बात के अतिरिक्त वे और कुछ भी न बोले थे। समुद्र के किनारे, एकान्त में, आमने-सामने बैठे जैसे वे अपने-अपने हृदय में एक-दूसरे के प्रति क्रोध को संजो रहे थे। दोनों जैसे इस बात से अवगत थे कि शीघ्र ही उनकी क्रोधाग्नि भड़क उठेगी और वे दोनों उसमें भस्म हो जाएंगे।

हवा से झोंपड़ी के खर-पात बज रहे थे। बांस एक-दूसरे से टकरा रहे थे। मस्तूल के सिर पर लाल चिथड़ा फड़फड़ाकर जैसे कटकटाहट की आवाज़ कर रहा था। लेकिन ये सारी आवाज़ें घुटी हुई-सी और दूर से सुनाई देने वाली फुसफुसाहट की तरह असम्बद्ध और ऐसी दयनीयतापूर्ण थीं, जैसे किसी चीज़ की भीख मांग रही हों।

"क्या सेर्योझका अब भी नशे में चूर रहता है ?" वास्सीली ने गमगीन आवाज़ में पूछा।

"हां, वह रात को हमेशा नशे में धुत हो जाता है।" कुछ और बोदका उड़ेलते हुए याकोव ने कहा।

वह इसी से मरेगा।...बे-लगाम की ज़िन्दगी में यही होता है... न किसी का डर, न किसी की चिन्ता। और तुम भी उससे कुछ कम नहीं..."

याकोव ने बिना लाग-लपेट के उत्तर दिया, "नहीं, मैं उसकी तरह क्यों होने लगा !"

"नहीं ?" वास्सीली ने त्योरियां चढ़ाकर कहा, "मैं यों ही नहीं कह रहा था, मुझे सब मालूम है।...तुम्हें यहां आए कितने दिन हुए ? यह तीसरा महीना है न ? अब तुम्हें जल्दी ही घर जाना होगा। भला बताओ तो, घर ले जाने के लिए कितना पैसा तुमने जमा कर लिया है ?" कहकर उसने जैसे ताव में प्याला उठाया और सारा का सारा बोदका एक ही बार में मुंह में उड़ेल लिया और अपनी सारी दाढ़ी को हथेली में समेटकर इतने ज़ोर से खींचा कि उसके साथ-साथ उसका सिर भी नीचे झुक गया।

"इतने कम समय में मैं क्या बचा सकता था ?" याकोव ने कहा।

"अगर ऐसी बात है तो यहां मटरगश्ती करने से क्या फायदा ? तुम गांव चले जाओ !"

याकोव मुस्कराकर रह गया।

"इस तरह मुंह बनाकर क्यों मुस्करा रहे हो ?" वास्सीली बेटे पर अपनी बात का कोई असर न देखकर, क्षुब्ध होकर बोला, "तुम्हारा बाप तुमसे बातें कर रहा है और तुम्हारी यह हिम्मत कि तुम हंस रहे हो ! ख़बरदार ! इसी उम्र में तुमने मनमानी करनी शुरू कर दी है ! मुझे तुम पर अंकुश रखना पड़ेगा !"

याकोव थोड़ी वोदका ढालकर पी गया। बाप की झिड़कियों से उसका गुस्सा और तेज़ हो गया था, लेकिन उसने अपने को वश में रखा और वह जो कुछ कहने की सोच रहा था, उसे अपने मन में ही दबा रखने का प्रयत्न करने लगा। वह अपने बाप का गुस्सा और ज़्यादा भड़काना न चाहता था। सच तो यह है कि अपने बाप की आंखों में एक दृढ़ता और क्रूरता की चमक देखकर वह सहम गया था।

बिना बाप को दिए उसे पीते देखकर वास्सीली और भी जल उठा, "तुम्हारा बाप तुम्हें घर जाने को कहता है और तुम उस पर हंसते हो, क्यों ?" उसने आदेश दिया, "सनीचर को तुम अपने काम से छुट्टी ले लो और...एक-दो-तीन—घर को जाते हुए नज़र आओ ! सुनते हो जो मैं

कह रहा हूं?"

"मैं नहीं जाऊंगा!" हठ और दृढ़ता के साथ याकोव ने सिर हिलाते हुए कहा।

"तुम नहीं जाओगे, ऐं?" वास्सीली गरजकर बोला और पीपे पर हाथ टेककर अपनी जगह से उठ खड़ा हुआ, "तुम किससे बात कर रहे हो, जानते हो? तुम एक कुत्ते की तरह अपने बाप पर भौंक रहे हो? क्या तुम भूल रहे हो कि मैं तुम्हें क्या कर सकता हूं? बोलो, क्या भूल गए हो?"

उसके होंठ कांप रहे थे, चिढ़ के मारे उसका चेहरा थरथरा रहा था और उसके कल्लों पर रगें फूल आई थीं।

"मैं कुछ भी नहीं भूला हूं," बिना अपने बाप की ओर देखे धीमे स्वर में याकोव ने कहा, "लेकिन क्या तुम्हें हर चीज़ याद है? ज़रा सोचो तो"

"मुझे पढ़ाने की कोशिश मत करो! मैं तुम्हें पीसकर रख दूंगा।... "

अपने सिर पर बाप के उठते हाथों से अपने को बचाकर दांत पीसकर याकोव बोला, "मुझे छूने की हिम्मत न करना। ... तुम कोई गांव के घर में नहीं हो।"

"खामोश रहो! हम कहां हैं, इससे कुछ भी आता-जाता नहीं, मैं तुम्हारा बाप हूं!"

"यहां तुम थाने पर पुलिस से मुझे कोड़े नहीं लगवा सकते। यहां कोई भी थाना-वाना नहीं है।" अपने बाप के मुंह पर हंसते हुए याकोव ने कहा और वह भी उठ खड़ा हुआ।

वास्सीली की आंखों में खून उतर आया। उसने आगे को सिर बढ़ाकर, मुंह से गरम सांस के साथ वोदका का भभका छोड़ता हुआ घूंसा ताना। याकोव भौंहें झुकाकर एक कदम पीछे हट गया और अपने बाप की हर हरकत को गौर से देखता हुआ उसके घूंसे से बचने को तैयार

हो गया। ऊपर से वह शान्त दिखाई देता था, लेकिन उसके सारे शरीर से गरम पसीना छूट रहा था। उनके बीच में वह मेज़ का काम देने वाला पीपा था।

"मैं तुम्हें कोड़े नहीं लगा सकता, ऐसा तुमने कहा है ?" वास्सीली ने कड़े स्वर में कहा और उसकी पीठ ऐसे झुक गई, जैसे बिल्ली की झपटने के पहले हो जाती है।

"यहां हर आदमी बराबर है।...जैसे तुम एक मज़दूर हो, वैसे ही मैं भी।"

"ऐसी बात है ?"

"नहीं तो तुम क्या समझते हो ? तुम मुझ पर पागल क्यों हो रहे हो ! तुम समझते हो कि मैं कुछ जानता ही नहीं ? लेकिन वह तुमने शुरू किया है।..."

वास्सीली ने एक हुंकार भरा और इतनी तेज़ी से अपना हाथ उस पर छोड़ा कि याकोव के लिए अपने को बचाना असम्भव हो गया। घूंसा सीधे उसके सिर पर पड़ा। वह लड़खड़ाया और अपने बाप की नज़रों से अपनी नज़रें उलझा दीं।

"ख़बरदार !" उसने फिर अपने बाप को घूंसा उठाते देखकर अपनी मुट्ठी बांधते हुए कहा।

"ख़बरदार के बच्चे ! मैं तुम्हें मज़ा चखाता हूं !"

"मैं कहता हूं रुक जाओ !"

"आ-हा ! तुम अपने बाप को धमका रहे हो ?... अपने बाप को ! ... अपने बाप को... !"

उस छोटी झोंपड़ी में उनकी गति बंध गई थी। वे नमक के बोरों, उलटे हुए पीपे और लकड़ी के कुन्दे पर लुढ़क-पुढ़क हो रहे थे।

अपने बाप के घूंसों को अपनी मुट्ठियों पर झेलता हुआ याकोव धीरे-धीरे पीछे हटता जा रहा था। उसका चेहरा पसीने से तर-बतर हो पीला पड़ गया था, उसके दांत भिंचे हुए थे और उसकी आंखें भेड़िए

की आंखों की तरह जल रही थीं। और उसका बाप अपनी मुट्ठी भांजता हुआ उसे ढकेलता जा रहा था, अन्धे क्रोध में एक बनैले सूअर की तरह पागल होकर।

"छोड़ो ! बहुत हो गया ! हाथ रोको !" झोंपड़ी के दरवाज़े से बाहर निकलते हुए शान्त किन्तु शैतानी के स्वर में याकोव ने कहा।

उसका बाप ज़ोर से गरजता हुआ उसके पीछे हो लिया। उसके घूंसे उसके बेटे की मुट्ठियों से ही टकराते रहे।

"क्या तुम पागल हो गए हो ?... पागल मत बनो।" याकोव ने जैसे उसे और भी चिढ़ाते हुए कहा। उसने अब तक अन्दाज़ा लगा लिया था कि वह अपने बाप से कहीं अधिक शक्तिशाली है।

"तुम देखो तो।... तुम देखो...।"

लेकिन याकोव बगली देकर समुद्र की ओर भाग खड़ा हुआ।

सिर झुकाए, हाथ आगे को फैलाए हुए वास्सीली ने उसका पीछा किया, लेकिन ज़रा दूर जाते ही उसके पांव किसी चीज़ से टकरा गए और वह ज़मीन पर लुढ़क गया। वह फुर्ती से घुटनों के बल उठा,लेकिन फिर बैठ गया। उसने ज़मीन पर हाथों का बल देकर उठने का प्रयत्न किया, लेकिन उसे लगा कि इस लड़ाई में वह बेहद थक गया है और उठना उसके लिए कठिन है। वह अन्दर ही अन्दर फुंकने लगा कि बेटे की बदमाशी का उसे मज़ा न चखा सका, लेकिन साथ ही उसे इस बात का भी ज्ञान हो चुका था कि वह अपने बेटे से कमज़ोर है।

"तेरा सत्यानास हो !" भागते हुए याकोव की ओर गरदन बढ़ाकर वह ज़ोर से चिल्लाया और कांपते हुए होंठों से उसने गुस्सा थूक दिया।

याकोव एक नाव का सहारा लेकर खड़ा हो गया और अपने घायल सिर को सहलाता हुआ बाप की ओर देखने लगा। उसकी कमीज़ की एक आस्तीन फटकर एक सूत के सहारे लटक रही थी। उसका कालर भी फट गया था और याकोव की सफ़ेद, पसीने से तर छाती धूप में इस तरह चमक रही थी, जैसे ग्रीज़ मल दिया गया हो। अब उसके मन में

अपने पिता के प्रति घृणा के सिवा कुछ भी न था। उसने हमेशा यह सोचा था कि उसका बाप उससे ज़्यादा मज़बूत है। लेकिन इस समय वह रेत पर बैठा हुआ, उसे घूंसा दिखाकर धमकाता हुआ कितना दयनीय और बिखरा-बिखरा लग रहा था। उसे इस रूप में देखकर याकोव के होंठों पर एक ऐसी दयापूर्ण, साथ ही आक्रामक मुस्कान खेलने लगी, जैसी एक मज़बूत आदमी के होंठों पर एक कमज़ोर आदमी को देखकर आ जाती है।

"तुम्हारा नास हो ! तुम हमेशा के लिए बरबाद हो जाओ !"

वास्सीली इतने ज़ोर-ज़ोर से चिल्लाकर उसे श्राप दे रहा था कि याकोव यों ही समुद्र पर मछली के कारखाने की ओर इस डर से देखने लगा कि कहीं कोई उसके बाप की यह नपुंसक चीख़-पुकार सुन तो नहीं रहा है। लेकिन धूप और लहरों के सिवा उधर कुछ भी दिखाई न दे रहा था। तब उसने थूका और कहा :

"खूब कोसो !... तुम्हारे कोसने से किसका क्या बिगड़ेगा ? सिर्फ तुम्हारी ही ज़बान खराब हो रही है। ...और सुनो, अब चूंकि हम दोनों के बीच यह घटना घट ही चुकी है, इसलिए अपने मन की बात मैं तुमसे कह देना चाहता हूं... "

"चुप रहो !... मेरी नज़रों से दूर हो जाओ !... भाग जाओ यहां से !" वास्सीली गरजा।

"मैं गांव नहीं जाऊंगा," याकोव ने अपने बाप पर नज़र टिकाकर, उसकी हर हरकत को भांपते हुए कहा, "मैं जाड़े-भर यहीं रहूंगा। मेरे लिए यहीं रहना बेहतर है। मैं कोई बेवकूफ नहीं हूं। इतना समझता हूं। ... यहां की ज़िन्दगी कहीं आसान है। घर पर तुम जैसा भी चाहो मेरे साथ बर्ताव करना, लेकिन यहां...सुनो !"

इतना कहकर उसने मुक्का तानकर अपने बाप को दिखाया और खी-खी करके धीरे से हंसा।

वास्सीली उसे ऐसा करते देखकर गुस्से से पागल होकर उछल

पड़ा। वह पास पड़े एक चप्पू को उठाकर चिल्लाते हुए उसकी ओर दौड़ा।

"अपने बाप के सामने ? अपने बाप के सामने तुम ऐसा कर रहे हो? मैं तुम्हें जान से मार डालूंगा !" गुस्से से अन्धा बना वह जब तक नाव तक पहुंचा, याकोव अपनी फटी हुई आस्तीन को फड़फड़ाता हुआ भागकर दूर निकल गया था।

वास्सीली ने चप्पू उसकी ओर ज़ोर से फेंका, लेकिन वह याकोव के इधर ही गिर पड़ा। बूढ़ा हारकर, अपनी छाती नाव से टेककर, अपने बेटे की ओर घूरता हुआ नाव के काठ को ज़ोर-ज़ोर से बकोटने लगा।

दूर से बेटा उसकी ओर देखकर चिल्ला रहा था, "तुम्हें अपने पर शर्म आनी चाहिए ! तुम्हारे बाल सफ़ेद हो गए हैं और तुम इस तरह एक औरत के पीछे पागल हो रहे हो ! थू है तुम पर ! लेकिन सुन लो, अब मैं गांव जाने वाला नहीं !"...तुम्हीं गांव चले जाओ।...तुम्हारे यहां रहने की कोई ज़रूरत नहीं है।"

"याश्का ! मुंह बन्द करो !" वास्सीली उससे भी ज़्यादा ज़ोर से चिल्लाया, "याश्का ! मैं तुम्हें मार डालूंगा !...यहां से चले जाओ !"

उसका बाप उसे जाते हुए पागल की तरह निर्भाव आंखों से देख रहा था। वह छोटा दिखाई पड़ रहा था। ऐसा लगता था, जैसे उसके पांव बालू में धंसते जा रहे हों।...अब वह कमर तक धंसा हुआ दिखाई दे रहा था... अब कन्धे तक...अब गरदन तक...और वह अदृश्य हो गया ! लेकिन ज़रा देर बाद, जिस जगह पर वह अदृश्य हुआ था, वहीं उसका सिर फिर प्रकट हो गया, फिर कन्धे दिखाई देने लगे, और फिर सारा शरीर दिखाई पड़ा... लेकिन अब वह बहुत छोटा दिखाई दे रहा था। फिर ऐसा लगा कि वह घूमकर कुछ चिल्लाया है।

"तुम्हारा नास हो ! तुम्हारा नास हो ! तुम्हारा नास हो !" जवाब में वास्सीली चिल्लाया।

नाव पर उस तरह झुके-झुके बेटे की ओर देर तक ताकते-ताकते वास्सीली की कमर दुखने लगी। आखिर वह खड़ा हुआ और लड़खड़ाता हुआ चलने लगा। उसके शरीर का पोर-पोर दर्द कर रहा था। उसकी कमर की पेटी ऊपर सरककर उसकी बांहों के नीचे बगलों में चली गई थी। उसने अपनी अकड़ी अंगुलियों से उसे खोला और आंखों के पास ले जाकर देखा और उसे रेत पर फेंक दिया। फिर झोंपड़ी की ओर चलने लगा। चलते-चलते वह बालू में हुए एक गड्ढे के पास रुक गया। उसे याद आ गया कि यह वही जगह है, जहां वह ठोकर खाकर गिर पड़ा था, अगर वह वहां गिरा न होता, तो उसने अपने बेटे को ज़रूर पकड़ लिया होता। झोंपड़ी के अन्दर हर चीज़ अस्त-व्यस्त पड़ी थी। बोदका की बोतल के लिए वास्सीली ने चारों ओर निगाह दौड़ाई। बोरों के बीच बोतल पड़ी थी। उसने उसे उठाकर देखा। काग बहुत कड़ा लगा था और वोदका गिरने से बच गया था। उसने धीरे-धीरे काग बाहर निकाला और पीने के लिए बोतल का मुंह होंठों से लगा लिया। लेकिन बोतल उसके दांतों के बीच बज उठी और बोदका मुंह में जाने के बदले बाहर गिरकर उसकी दाढ़ी और छाती को भिगो गया।

वास्सीली को अपने कानों में जैसे कोई गूंजती हुई आवाज़ सुनाई दी। उसका दिल ज़ोर-जोर से धड़क रहा था और पीठ असह्य पीड़ा से फटने लगी।

'आख़िर मैं बूढ़ा हूं!' वह ज़ोर से बड़बड़ाया और झोंपड़ी के दरवाज़े की रेत पर भहराकर बैठ गया।

उसके सामने समुद्र फैला था। लहरें हमेशा की तरह शोर मचाती और खेलती हुई सी हंस रही थीं। वास्सीली देर तक समुद्र की ओर ताकता रहा। उसे अपने बेटे के वे ललकभरे शब्द याद आ रहे थे :

'काश, यह सब धरती होती, काली धरती! और काश, इस सब पर हम हल चला सकते!'

इस किसान का मन एक कड़वेपन से भर गया। उसने ज़ोर-ज़ोर

से अपनी छाती मली और चारों ओर एक नज़र देखकर एक गहरी सांस ली।

उसका सिर झुका हुआ था और पीठ इस तरह टेढ़ी हो रही थी, जैसे उस पर कोई भारी बोझ रखा हो। उसका गला रह-रहकर सूख जाता था, जैसे अब रुंधने वाला ही हो। उसने गला साफ करने के लिए ज़ोर-ज़ोर से खांसा और आसमान की ओर देखते हुए अपनी छाती पर अंगुलियों से क्रास का चिह्न बनाया। कितनी ही तरह के निराशापूर्ण विचार उसके मन में उठ रहे थे।

... जिस बीवी के साथ उसने ईमानदारी से मेहनत करके पंद्रह साल बिताए थे, उसी को एक बदज़ात औरत के कारण छोड़ दिया...उसी का दण्ड भगवान ने आज उसी के बागी बेटे के हाथों दिलवाया है। ऐसा ही होना था, हे भगवान् !

उसके बेटे ने उसकी खिल्ली उड़ाई थी, उसका कलेजा फाड़ दिया था।... जिस बेटे ने अपने बाप को इस तरह दुःख पहुंचाया है, उसका मर जाना ही अच्छा है ! और यह सब उसने क्यों किया ! एक बदज़ात औरत के लिए, जो पाप की ज़िन्दगी बिताती है।...उसके जैसे एक बूढ़े के लिए अपनी बीवी-बेटे को भूलकर एक ऐसी औरत के साथ रहना कितना बड़ा पाप है...

और इसीलिए भगवान् ने अपने पवित्र क्रोध से उसे उसके कर्तव्यों के प्रति सावधान किया है। और उसके बेटे ही के हाथों से उसके दिल को चोट पहुंचाकर न्यायपूर्ण दण्ड की व्यवस्था की है।...ऐसा ही होना था, हे भगवान् !

बांहों में शरीर समेटकर रेत पर बैठे हुए वास्सीली ने फिर अपनी छाती पर क्रास का चिह्न बनाया और आंसुओं से अन्धी होती हुई अपनी आंखों को झपकाकर, बरौनियों पर से आंसुओं को पोंछा।

सूरज समुद्र में गोता लगा रहा था। सन्ध्या की पीली आभा धीरे-धीरे तिरोहित हो गई। चारों ओर सन्नाटा छा गया। कहीं दूर से हवा का गरम

झोंका आ-आकर उस किसान के आंसुओं से भीगे हुए चेहरे पर पंखा झलने लगा। और वह पश्चात्ताप के विचारों में डूबा हुआ, बैठा-बैठा जाने कब लुढ़ककर नींद में खो गया।

छः

इस झगड़े के दो दिन बाद कई मछुआहों के साथ याकोव एक बड़ी अगिनबोट में बड़ी मछलियां मारने समुद्र में कारखाने से बीस मील दूर गया था। पांच दिनों के बाद एक खेने वाली नाव में बैठकर वह अकेले कारखाने रसद लेने आया। वह दोपहर को कारखाने पर पहुंचा, जबकि मछुआहे खाने के बाद आराम कर रहे थे। गरमी असह्य थी, तपती रेत में पांव जल रहे थे और मछली के चोंइटे और हड्डियां पांवों में गड़ रही थीं। याकोव संभल-संभलकर पांव रखता झोंपड़ियों की ओर जा रहा था और अपने को कोस रहा था कि क्यों अपने जूते नाव से नहीं ले आया। वापस जा नाव पर से जूते ले आने में उसे आलस लग रही थी। वह जल्दी अपनी झोंपड़ी में जाकर कुछ खाना चाहता था, साथ ही मालवा को देखने की इच्छा भी प्रबल हो रही थी। समुद्र-तट पर पिछले पांच दिन बड़ी उदासी में कटे थे और अक्सर उसे मालवा की याद आई थी। अब वह यह जानने के लिए बेचैन था कि मालवा उसके बाप के यहां गई थी कि नहीं, और अगर गई थी तो उसके बाप ने उससे क्या कहा था ?... हो सकता है कि उसने

मालवा को पीटा हो। अगर ऐसा हुआ तो बहुत बुरा होगा—मालवा का पानी थोड़ा बहुत उतर गया होगा। जो हो, वह जितनी बन-संवरकर रहती है, उतनी ही बदज़ात है !

मछली के कारखाने में शान्ति छाई थी और वहां कोई भी दिखाई न देता था। झोंपड़ी की खिड़कियां खुली थीं और वहां पड़े हुए बड़े-बड़े लकड़ी के बक्से भी जैसे गरमी के मारे हांफ रहे थे। मैनेजर के दफ्तर में, जोकि झोंपड़ियों के बीच में था, कोई बच्चा ज़ोर-ज़ोर से रो रहा था। पीपों के एक ढेर के पीछे से धीमी-धीमी आवाज़ें आ रही थीं।

याकोव को ऐसा लग रहा था कि यह मालवा की आवाज़ है। वह निडर होकर पीपों के पास जा पहुंचा। लेकिन उसने पीपों के पीछे झांककर देखा, तो चौंककर पीछे हट गया। उसकी त्योरियां चढ़ गईं और वह थमकर वहीं खड़ा हो गया।

पीपों के पीछे, उनके साये में, लाल बालों वाला सेर्योझका पीठ के बल, सिर के नीचे हाथ रखे हुए लेटा था और उसकी एक बगल में याकोव का बाप बैठा था और दूसरी में मालवा।

'वह यहां क्या कर रहा है ?' याकोव ने अपने बाप के बारे में सोचते हुए अपने से ही कहा, "क्या वह अपना आराम का काम छोड़कर यहां आ गया है, ताकि वह मालवा के पास रह सके और उसे उसके पास न फटकने दे ? ओह, लानत है ! अगर मां यह सब सुने तो वह क्या सोचेगी ?... मैं इनके पास जाऊं कि नहीं।"

"बहुत अच्छा !" उसने सेर्योझका को कहते सुना, "जाओ और मिट्टी खोदो !"

याकोव ने खुशी के मारे अपनी आंखें झपकाईं।

"हां, मैं जाऊंगा ही !" उसके बाप ने कहा।

याकोव ने तब निडर होकर अपने क़दम आगे बढ़ाए और ज़ोर से बोला :

"ईमानदार साथियों को मेरा सलाम !"

उसके बाप ने एक तेज़ नज़र से उसकी ओर देखा और मुंह फेर लिया। मालवा की एक बरौनी तक न हिली, लेकिन सेर्योझका ने अपने एक पैर को झटका दिया और गहरी आवाज़ में कहा :

"देखो ! हमारा प्यारा बेटा याश्का दूर देश से वापस आ गया !" और आगे उसने अपने स्वाभाविक स्वर में कहा, "इसकी खाल खींचकर एक भेड़ की खाल की तरह ढोल पर मढ़ देना चाहिए !"

मालवा एक नर्म हंसी हंस पड़ी।

"कितनी गरमी है !" याकोव ने बैठते हुए कहा।

वास्सीली ने फिर एक उड़ती नज़र से उसे देखा और कहा, "मैं तुम्हारा इन्तज़ार कर रहा था, याकोव !"

याकोव को लगा कि उसकी आवाज़ हमेशा से कुछ नर्म है। उसने उसकी ओर देखा, तो उसे यह भी लगा कि उसका चेहरा वैसा बूढ़ा नहीं दिखाई देता।

"मैं रसद लेने आया हूं।" उसने कहा और फिर सेर्योझका से सिगरेट के लिए थोड़ी तम्बाकू मांगी।

"मुझसे तम्बाकू की उम्मीद न करना, मूर्ख छोकरे !" बिना किसी हरकत के सेर्योझका ने कहा।

"मैं गांव जा रहा हूं, याकोव !" रेत पर अंगुली से लकीर खींचते हुए वास्सीली ने गंभीरता के साथ कहा।

"सच ?" बड़े भोलेपन के साथ याकोव ने पूछा।

"हां, लेकिन तुम ? क्या तुम यहां रुकोगे ?"

"हां, मैं यहां रुकूँगा।... गांव में हम दोनों के लिए काम नहीं है।"

"जो हो।... मैं तुमसे कुछ भी नहीं कहूंगा। जैसा चाहो करो।... अब तुम कोई बच्चे नहीं हो।... लेकिन इतना ख्याल रखना—मैं बहुत दिनों तक नहीं चल सकता। हो सकता है कि मैं मरूं नहीं...लेकिन काम करने लायक रहूंगा—यह बात मैं ठीक-ठीक नहीं कह सकता।...धरती का काम छोड़े मुझे बहुत दिन हो गए।...इसलिए इतना याद रखना कि

गांव में तुम्हारी मां है।"

वास्सीली के लिए बोलना कठिन मालूम हो रहा था। ऐसा मालूम होता था कि उसके शब्द दांतों से चिपक-चिपक जाते हैं। वह कांपते हुए हाथ से दाढ़ी सहला रहा था।

मालवा ने उसे घूर के देखा। सेर्योझका ने एक आंख मूंदकर अपनी दूसरी बड़ी गोल आंख वास्सीली के चेहरे पर गड़ा दी। याकोव अन्दर ही अन्दर खुशी से उछल रहा था, लेकिन इस डर से कि कहीं उसके चेहरे से यह भाव प्रकट न हो जाए, वह अपनी आंखें पांवों पर गड़ाए हुए था।

"तो तुम अपनी मां को न भूल जाना याद...रखना कि तुम उसके इकलौते बेटे हो !" वास्सीली ने कहा।

"यह तुम्हारे कहने की ज़रूरत नहीं है, मैं जानता हूं !" याकोव ने सिकुड़ते हुए कहा।

"जब तुम जानते ही हो तो ठीक है !" उसके बाप ने अविश्वास के साथ कहा, "मेरे कहने का मतलब है कि भूल मत जाना !"

कहकर वास्सीली ने एक गहरी सांस ली। फिर कई क्षण तक वे चारो खामोश बैठे रहे। तब मालवा ने कहा :

"अब घण्टा बजने ही वाला है।"

"अच्छा, अब मैं चलूंगा !" खड़े होते हुए वास्सीली ने कहा। बाकी तीनों भी उठ खड़े हुए।

"बिदा, सरगेई !... अगर तुम्हें कभी वोल्गा की तरफ़ आने का मौका मिले तो मुझसे मिलोगे न ? सिम्ब्रिस्क युएज़्द, गांव माज़लो, निकोलो-लिकोवास्काया वोलोस्ट।"

"बहुत अच्छा !" अपने लाल बालों में भरे, फूली-फूली नसों वाले पंजे से वास्सीली का हाथ ज़ोर से दबाकर उदास और गंभीर चेहरे पर मुस्कान लाकर सेर्योझका ने कहा।

"लिकोवो-निकोलस्काया काफ़ी बड़ी जगह है।... उधर ज्वार-भर में

मशहूर है। वहां से हमारा गांव ढाई मील के करीब पड़ता है।" वास्सीली ने समझाकर कहा।

"ठीक है, ठीक है !... कभी उधर आया तो ढूंढ़ निकालूंगा !"

"बिदा !"

"बिदा, प्यारे बुड्ढे !"

"बिदा, मालवा !" बिना उसकी ओर देखे वास्सीली ने बुझे गले से कहा।

मालवा ने बिना जल्दी के आस्तीन से अपने होंठ पोंछे और अपने श्वेत हाथ से धीरे से वास्सीली के कंधों पर रखकर, गंभीर बनकर तीन बार उसके गालों और होंठों को चूमा।

वास्सीली ने जैसे एक उलझन में पड़कर कुछ टूटे हुए शब्द फुसफुसाए। याकोव ने होंठों पर आई व्यंग्यभरी मुस्कान को छुपाने के लिए अपना सिर झुका लिया। और सेर्योझका ने आसमान की ओर देखते हुए एक हलकी जमुहाई ली।

"गरम रेत पर चलने में तुम्हें बहुत तकलीफ होगी।" उसने कहा।

"ओह, कोई बात नहीं। अच्छा, बिदा, याकोव !"

"बिदा !"

वे दोनों एक दूसरे के सामने खड़े थे। उन्हें जैसे इस बात का ज्ञान ही न था कि अब वे क्या करें। उस दुखभरे शब्द 'बिदा' ने, जो इन कुछ क्षणों में ही कई बार वहां गूंजा था, जैसे याकोव के हृदय में पिता के प्रति एक कोमल भावना को जगा दिया था, लेकिन वह सोच न पा रहा था कि इस भावना को वह कैसे प्रकट करे—मालवा की तरह उसे छाती से लगाकर या सेर्योझका की तरह उससे हाथ मिलाकर। अपने बेटे के चेहरे और उसकी मुद्रा की अनिश्चितता से जैसे वास्सीली का कलेजा फटा जा रहा था, लेकिन साथ ही इस समय भी उसके मन में कुछ ऐसा भाव था, जैसे उसे याकोव की उपस्थिति में शर्म-सी महसूस हो रही हो। मालवा के चुम्बन और उस दिन के अपनी झोंपड़ी के दृश्य की याद आ जाने ही से उसके मन में यह

भाव उठ गया था।

"अच्छा—अपनी मां को तुम मत भूल जाना!" अन्त में उसने कहा।

"बहुत अच्छा! बहुत अच्छा!" याकोव ने सस्नेह कहा, "तुम चिंता मत करो... मैं कोई ग़लत काम नहीं करूंगा!"

वास्सीली ने अपना सिर हिलाकर कहा, "बस, मुझे यही कहना था! बिदा! भगवान् की तुम लोगों पर कृपा रहे!... मेरा तुम लोग ख्याल रखना।... ओ सेर्योझका! मैंने हरी नाव के नीचे चाय का बर्तन गाड़ दिया है!"

"चाय के बर्तन के लिए वह क्या चाहता है?" याकोव ने उत्सुकता से पूछा।

"मेरी जगह पर...कारखाने के फाटक की चौकीदारी का काम यही करेगा।" वास्सीली ने समझाया।

याकोव ने एक नज़र सेर्योझका की ओर देखा, फिर मालवा पर नज़र फेंककर अपनी आंखों की खुशी की चमक को छपाने के लिए उसने अपना सिर झुका लिया।

"अच्छा, बिदा, दोस्तो!... मैं चला।"

वास्सीली ने चारों ओर सिर घुमा-घुमाकर झुकाया और चल पड़ा। मालवा उसके साथ हो ली।

"चलो, मैं थोड़ी दूर तक तुम्हें पहुंचा आऊं।" मालवा ने कहा।

याकोव भी मालवा के पीछे-पीछे चलने को हुआ तो सेर्योझका ने झट रेत पर बैठकर उसका पांव पकड़ लिया।

"अरे, तुम कहां चले?"

"छोड़ो, मुझे जाने दो!" अपने पांव छुड़ाता हुआ याकोव चिल्लाया। लेकिन सेर्योझका ने उसका दूसरा पांव भी पकड़ लिया और कहा:

"ज़रा तुम मेरे पास तो बैठो!"

"हे! मेरे साथ बेवकूफों की तरह बर्ताव न करो!"

"मैं बेवकूफों की तरह बर्ताव नहीं कर रहा हूं! लेकिन तुम ज़रा बैठो तो!"

याकोव बैठ गया।

"तुम क्या चाहते हो?" उसने दांत पीसकर पूछा।

"अभी बताता हूं! ज़रा देर के लिए तुम चुप रहो। मैं अभी सोचकर बताता हूं!"

कहकर सेर्योझका ने याकोव की ओर आंखें निकालकर देखते हुए उसे धमकाया। याकोव शांत हो गया।

मालवा और वास्सीली थोड़ी देर तक चुपचाप चलते रहे। मालवा कनखियों से उसे रह-रहकर देख लेती थी। उसकी आंखों में एक अजीब तरह की चमक थी। वास्सीली तुनका हुआ चुपचाप चल रहा था। उनके पांव ढीली रेत में धंस जाते थे और वे धीरे-धीरे चल रहे थे।

"वास्या!"

"क्या है?"

उसने एक नज़र उसकी ओर देखकर फिर अपना मुंह फेर लिया।

"मैंने जान-बूझकर याश्का से तुम्हारी लड़ाई कराई थी।... लड़ाई नहीं हुई होती तो तुम दोनों यहां शान्ति से रह सकते थे।" उसने शान्त और सम स्वर में कहा।

"ऐसा तुमने क्यों किया?" ज़रा देर के बाद वास्सीली ने पूछा।

"मैं नहीं जानती। ...बस यों ही।"

कहकर उसने अपने कन्धे सिकोड़े और हंस पड़ी।

"बहुत अच्छा किया! ओह, तुम!" उसने क्षुब्ध होकर उसे झिड़कते हुए कहा।

वह खामोश रही।

"तुम मेरे उस लड़के को बरबाद कर दोगी, बिलकुल बरबाद कर दोगी! अख! तुम चुडैल हो, चुडैल! तुम्हें भगवान् का भी कोई डर नहीं है! तुम्हें कोई शर्म भी नहीं! ऐसा तुम क्यों करती हो?"

"मुझे क्या करना चाहिए?" उसने पूछा। उसके स्वर में चिन्ता अधिक थी या दर्द—यह कहना मुश्किल था।

"तुम्हें क्या करना चाहिए? अरे तुम!" वास्सीली ने कहा। उसके हृदय में मालवा के प्रति क्रोध उबल रहा था।

आवेश के मारे वास्सीली के जी में आ रहा था कि वह उसे दे मारे, उसे अपने पांवों पर पटक दे और रेत पर उसे रौंदकर अपने भारी बूटों से उसकी छाती और मुंह में ठोकरें लगाए। उसने मुट्ठी बांधकर चारों ओर देखा।

पीपों के पास सेर्योझका और याकोव बैठे हुए दिखाई दे रहे थे। वे उसी की ओर मुंह किए हुए थे।

"चली जाओ! भाग जाओ! वरना मैं तुम्हें कुचलकर रख दूंगा, तुम्हें... "

उसने उसके मुंह के पास अपना मुंह ले जाकर फुंफकारा और गाली बकने लगा। उसकी आंखों में खून उतर आया था, उसकी दाढ़ी कांप रही थी और उसके हाथ अनजाने ही उसके उन बालों तक पहुंच गए थे, जोकि बंधे रूमाल के बाहर खिसक आए थे।

लेकिन वह उसकी ओर अपनी हरी-हरी-सी आंखों से शान्तिपूर्वक देखे जा रही थी।

"मुझे तो तुमको मार डालना चाहिए! बदज़ात! देखना...तुम्हें तुम्हारी करनी का मज़ा ज़रूर मिलेगा।! कोई न कोई तुम्हारी गरदन ज़रूर उमेठ के रहेगा!"

वह मुस्कराई, लेकिन बोली नहीं। और फिर एक गहरी सांस लेकर बिना किसी रू-रियायत के बोली:

"अच्छा, अब तुम काफ़ी बोल चुके! बिदा!"

और अपनी एड़ियों पर घूमकर वह चल पड़ी।

वास्सीली उसके पीछे गरजता और दांत पीसता रहा; लेकिन वह चलती रही। रेत में पड़े वास्सीली के पांवों के गहरे और स्पष्ट निशानों पर

ही पांव धरती वह चलने की कोशिश कर रही थी, और जहां उसका पांव उस निशान पर पड़ जाता था, वह अपना पांव उस पर से उठाते समय उसे जान-बूझकर मिटा या बिगाड़ देती थी। इस तरह धीरे-धीरे चलती हुई जब वह पीपों के पास जा पहुंची, तो सेर्योझका ने इस प्रश्न के साथ उसका स्वागत किया :

"तो तुम उसे बिदा कर आईं।"

मालवा ने स्वीकृति में अपना सिर हिलाया और उसकी बगल में बैठ गई। याकोव उसकी ओर देखकर धीरे से मुस्कराया और उसके होंठ ऐसे हिल उठे, जैसे वह इस तरह कुछ फुसफुसा रहा हो, जिसे वही सुन सकता हो।

"उसे बिदा कर आने के बाद तुम्हें दुःख हो रहा है कि वह चला गया, है ना ?" सेर्योझका ने एक गीत का उद्धरण देते हुए उससे फिर पूछा।

"तुम फाटक पर कब जा रहे हो ?" मालवा ने जवाब में पूछा और समुद्र की ओर सिर हिलाती हुई देखने लगी।

"इसी शाम को।"

"मैं भी तुम्हारे साथ चलूंगी।"

"तुम चलोगी? यह तो मैं चाहता ही हूं।"

"मैं भी चलूंगा !" ज़ोर देकर याकोव ने कहा।

"तुम्हें कौन बुला रहा है ?" आंखें झपकाकर सेर्योझका ने पूछा।

तभी एक चिहरा घड़ियाल बजकर मज़दूरों को काम पर वापस बुलाने लगा। घड़ियाल पर जल्दी-जल्दी चोटें पड़ रही थीं और उसकी आवाज़ एक-एक कर लहरों के खुशीभरे शोर में डूबती जाती थी।

"मालवा बुला रही है !" मालवा की ओर ललकारभरी आंखों से देखते हुए याकोव ने कहा।

"मैं ?" वह चकित होकर चिल्ला पड़ी, "मुझे तुमसे क्या लेना है।"

"मैं तुमसे साफ-साफ बातें करना चाहता हूं, याश्का !" खड़े होते हुए

सेर्योझका ने दृढ़ स्वर में कहा, "अब अगर तुमने इसे तंग किया... तो मैं तुम्हें पीसकर धूल बना दूंगा! और अगर तुमने इस पर अंगुली भी उठाई... तो मैं तुम्हें एक मक्खी की तरह यों मिस दूंगा! तुम्हारे सिर पर मेरा घूंसा पड़ा नहीं कि तुम हमेशा के लिए चित हो जाओगे। मेरे लिए यह सब बड़ा आसान है!"

याकोव की गरदन की ओर बढ़ा हुआ सेर्योझका का चेहरा, सारा शरीर और गठीले हाथ देखकर कोई भी विश्वास के साथ कह सकता था कि सेर्योझका जो भी कह रहा था, बिलकुल सच था।

एक डग पीछे हटकर याकोव ने बुझे हुए स्वर में कहा :

"ज़रा रुको! क्यों जी, तुमने खुद "...

"बस, बस—चुप रहो! तुम अपने को क्या समझते हो? कुत्ते! तुम्हारे खाने के लिए मांस नहीं होता। एकाध हड्डी तुम्हें चबाने के लिए मिल गई, उसके लिए तुम्हें एहसानमन्द होना चाहिए।... अरे... इस तरह तुम क्या आंखें दिखा रहे हो?"

याकोव ने मालवा की ओर देखा। उसकी हरी-हरी-सी आंखें उसके मुंह के सामने ही हंस रही थीं—एक आक्रामक, अपमानजनक और खिल्ली उड़ाने वाली हंसी—और वह इस तरह प्यार जतलाती हुई सेर्योझका की बगलगीर हो रही थी कि उसे देखकर याकोव का शरीर पसीना-पसीना हो गया।

एक-दूसरे को अगल-बगल लिए वे याकोव के पास से चल पड़े। दूर जाकर वे दोनों अट्टहास कर उठे। याकोव अपना दाहिना पांव ज़ोर से रेत में गड़ाए, हांफता हुआ ऐसे खड़ा था, जैसे उसके हाथों का तोता ही उड़ गया हो।

दूर, पीली, वीरान लहरों की तरह लहराती रेत पर एक काली मानव-आकृति चली आ रही थी। उसके दाहिनी ओर धूप में उल्लसित महान् समुद्र चमक रहा था और उसके बाईं ओर क्षितिज के छोर तक रेत फैली हुई थी–सुनसान, एकरस रेगिस्तान की तरह। याकोव ने उस अकेली आकृति

को देखकर अपनी आंखें झपकाईं–उसकी आंखों में एक दर्द, एक उलझन थी—और दोनों हाथों से वह अपनी छाती मसलने लगा।

मछली के कारखाने से काम का शोर उठ रहा था।

याकोव के कानों में मालवा के चिल्लाने की गूंजती, गलाफाड़ आवाज़ आई :

"मेरा चाकू किसने ले लिया ?"

लहरों का शोर गूंज रहा था, सूरज चमक रहा था, समुद्र हंस रहा था...

छब्बीस युवक और एक युवती

हम गिनती में छब्बीस थे—छब्बीस चलती-फिरती मशीनें, एक मकान में बूंद, जहां हम प्रातः से सायंकाल तक बिस्कुटों के लिए मैदा तैयार करते थे।

हमारी बंदीगृह-सदृश कोठरी की खिड़कियां ईंटों और कूड़ा-करकट से भरी हुई खाई की ओर खुलती थीं, जिनका अर्द्धभाग लोहे की चादर से ढंका हुआ था, और जिनके शीशे धूल आदि से अटे हुए थे, इसीलिए सूर्य की किरणें हम तक नहीं पहुंच सकती थीं।

हमारे स्वामी ने खिड़की का आधा भाग बंद करवा दिया था, ताकि हमारे हाथ उसकी रोटी में से एक टुकड़ा भी गरीबों के देने के लिए बाहर न निकल सकें या हम अपने उन भाइयों की कुछ भी सहायता न कर सकें, जो काम न मिलने से फाके कर रहे थे।

हमारा स्वामी हमें 'जेल के दास' के नाम से पुकारता था और खाने के लिए गोश्त के बजाय छिछड़े देता था।

इस सुदृढ़ कारागार की छत के नीचे, जो धुएं के कालिख और मकड़ियों के जाले से भरी पड़ी थी, हम बहुत ही कष्टमय जीवन व्यतीत कर रहे थे।

इस चार दीवारों की कोठरी में, जो कीचड़ और मैदा के खमीर छब्बीस

से अटी हुई थी, हमारा जीवन चिन्ता तथा दुःख का जीवन था। बिना पूरी नींद और विश्राम के हम प्रतिदिन सवेरे पांच बजे जगकर, कुछ-कुछ ऊंघते-से ही उस मैदे से बिस्कुट तैयार करने लग जाते थे। बिस्कुट बनाने की सब सामग्री रात को सोते वक्त ही तैयार कर ली जाती थी। इस प्रकार सुबह से लेकर रात के दस बजे तक हममें से कुछ तो बिस्कुटों के लिए खमीर तैयार करते, और कुछ मैदा गूंधते। इतने समय तक उबलते हुए पानी या भट्ठी में नानबाई के सलाख डालने की आवाज़ ही हमारे कानों में गूंजती रहती थी।

प्रातः से सायं तक भट्ठी ज़ोरों से दहकती रहती, जिसकी लाल-लाल लपटों की परछाईं दीवार पर इस प्रकार नृत्य करती मालूम होती, जैसे वह हम आभागों को देखकर खुशी से नाच रही हो।

वह बड़ी भट्ठी किसी ऐसे दानव के कुरूप सिर के समान थी, जो अपने मुंह से अग्नि उगल रहा हो। हमारे सामने झुलसा देने वाली गरमी थी, मानों वह दानव सांस ले रहा हो, और हमारे ज़लील काम को अपने मस्तक के काले, अंधेरे छिद्रों से घूर रहा हो। ये दो भयानक छिद्र नेत्र-सदृश थे—नेत्र, जो किसी राक्षस के नेत्रों की तरह सहानुभूति, दया या करुणा के भावों से वंचित हों। ये आंखें सदा शिथिल-सी दृष्टि फेंकतीं, मानो वे अपने दासों को देखते-देखते तंग आ गई हों।

हम हर रोज़ असहनीय धूल और झुलसा देने वाली भाप के बीच पसीने से तर-बतर हो, मैदा गूंधते और बिस्कुट तैयार करते। हमें उस कार्य से बहुत घृणा थी, और यही कारण था कि हमको अपने बनाए बिस्कुटों के बजाय काली राख लगी रोटियां अधिक अच्छी लगती थीं।

रोज़ काम करते-करते हमारे अवयव मशीनों की भांति स्वयं काम करने के अभ्यस्त हो गए थे, और कभी-कभी तो उनकी गति हृदय तथा मस्तिष्क में ही लोप हो जाती थी।

कार्य में व्यस्त होने पर एक-दूसरे से बिलकुल बातचीत नहीं करते थे, क्योंकि हमारे पास वार्तालाप के लिए कोई विषय ही नहीं था। इसीलिए

हमारा तमाम समय चुप रहने में गुज़रता, बशर्तें कि हममें से कोई किसी से लड़ न पड़ता। पर झगड़े का अवसर बहुत कम आता। और आता भी कैसे, जब मनुष्य अधमरा हो, एक मूर्ति के समान हो, जिसके विचार, भाव, भावनाएं दिन-रात के परिश्रम से नष्टप्राय कर दी गई हों ? उन व्यक्तियों की ख़ामोशी, जो सब कुछ कह चुके हों, और कुछ कहने के लिए बाकी न रखते हों, भय और क्लेशमय होती है; किन्तु उनके लिए, जो अभी तक अपने स्वर से ही अनभिज्ञ हों, दुखकर होने के बजाय यह सुखकर होती है।

इस निस्तब्धता को कभी-कभी हमारा राग भंग कर देता था। हममें से कोई थके हुए घोड़े के हिनहिनाने की तरह कोई ऐसा गाना शुरू कर देता, जो प्रायः ऐसे अवसरों पर आत्मा के बोझ को हल्का करने में सहायता देता है। पहले तो कोई उस नीरस राग में शामिल न होता, और वह राग। हमारी कारागार-सदृश कोठरी की छत के नीचे दीपक की लौ की तरह कांपता रहता, किन्तु थोड़ी देर के बाद उस गाने वाले के साथ हममें से एक और शामिल हो जाता। अब वे दुःखपूर्ण, मर्मस्पर्शी तानें हमारी कब्र-सदृश कोठरी के दम घोंटने वाले वातावरण में तैरती नज़र आतीं। थोड़ी देर के बाद हम सब इस गान में सम्मिलित हो जाते। अब बहुत-सी आवाज़ें एकत्र होकर सागर की लहरों के समान सुदृढ़ कारागृह की काली-काली दीवारों से टकराकर गूंजना आरम्भ कर देतीं। इस प्रकार हम सब अपने-आपको गीत गाने में व्यस्त पाते।

हमारे ऊंचे राग के स्वर, जो कोठरी में स्वतंत्रतापूर्वक समा न सकते थे, पत्थर की काली दीवारों से टकरा-टकराकर मानों दर्द से चीखते-चिल्लाते, और फलस्वरूप हमारे कठोर हृदयों में एक विचित्र मीठी-सी टीस उत्पन्न कर देते, जिससे भरे हुए घाव फिर से हरे हो जाते, और शरीर में एक दुःखपूर्ण सिहरन दौड़ने लगती।

प्रायः गायक ठंडी आह भरते हुए अपना गीत बंद कर देता, और नेत्र मूंद, अपने सहचरों के राग को चुपचाप सुनने लगता; परन्तु थोड़ी देर के

बाद वह फिर उनके साथ शामिल हो जाता।

उसकी दृष्टि में राग की बढ़ती हुई वह लहर एक दूर दिखाई देती टूटी-फूटी सड़क थी–दूर, बहुत दूर की एक चौड़ी सड़क, सूर्य के प्रखर प्रकाश से आलोकित।

इस बीच आग की ज्वालाएं भट्ठी से लाल-लाल जिह्वाएं निकाल रही होतीं। नानबाई की लोहे की सलाख भट्ठी की पीली ईंटों पर तेज़ आवाज़ों में खेल रही होतीं। उबलते हुए पानी का शोर निरंतर जारी रहता, और ज्वालाओं की परछाईं दीवार पर नाचती हुई मौन हंसी हंस रही होती। और हम किसी अन्य व्यक्ति के शब्दों में उन मनुष्यों का दुःख-दर्द बता रहे होते, जिनसे सूर्य का प्रकाश छीन लिया गया हो, जो दास हों।

यह था हमारा जीवन—छब्बीस दासों का जीवन, इस कैदखाने में, जिसमें आयु के दिन बहुत ही कठिनाई से व्यतीत हो रहे थे, और ऐसा प्रतीत हो रहा था कि इस मज़बूत मकान की तीनों मंज़िलें हमारे कंधों पर बनाई गई हैं।

गाने के अतिरिक्त हमारे पास एक और हृदयग्राही कार्य था, जिसका हमारे मतानुसार वैसा ही मूल्य था, जैसा कि सूर्य की सुन्दर मनोहर रश्मियों का।

हमारे मकान की दूसरी मंज़िल में ज़री का कार्यालय था, जिसमें बहुत-सी लड़कियां नौकर थीं, इन लड़कियों में सोलह वर्ष की एक युवती टानया नाम की थी, जो हमारे सामने वाली दीवार की छोटी खिड़की के पास रोज़ आती, और सलाखों के साथ अपना गुलाब-सा मुखड़ा लगाकर, मीठे स्वर में पुकारती—"दयापात्र बंदियो, मुझे थोड़े-से बिस्कुट दो!"

इस आवाज़ को सुनते ही, हम सब खिड़की के पास दौड़े चले आते, और उस सुन्दर, पवित्र, निर्दोष मुख की ओर चकित दृष्टि से देखते। उसका आना हमारे लिए बड़ा ही आनन्ददायक होता।

उसे खिड़की के पास देखकर, हम सब द्वार की तरफ़ बढ़ते, और एक-दूसरे को ढकेलते हुए द्वार खोल देते। दरवाज़ा खुलने पर, वह अंदर आ

जाती—सदा एक ही विशेष प्रकार से मुसकराती हुई, अपने सुन्दर सिर को एक तरफ़ लटकाए हुए, जिससे पूरे केशों की मनोहर लटें आकर्षक ढंग से उसके कंधों पर लटक रही होतीं।

हम गंदे, दुर्बल, कुरूप, भिखारियों की भांति खड़े आश्चर्य के साथ उसके मुखड़े पर दृष्टि जमाए खड़े रहते। उस समय वह द्वार की चौखट पर हंस रही होती। हम सब उसको नमस्ते करते, और फिर उसके साथ वार्तालाप करने में विशेष शब्दों का प्रयोग करते। वे शब्द हमारे जिह्वा से विशेषकर उसके लिए निकलते, विशेषकर उसी के लिए !

जब हम उससे बातचीत करते, तो हमारे कंठ-स्वर स्वतः असाधारण रूप से कोमल, नम्र होते, और न जाने हमारी कठोरता, हमारे दुष्ट भाव कहां लोप हो जाते।

नानबाई, लाल-खस्ता बिस्कुट निकालकर उसकी झोली में विचित्र भावभंगी से फेंक दिया करता। "देखो, ध्यान रहे, कहीं हमारे स्वामी के दांव-पेंच में न फंस जाना !" हम सदा उसे चेतावनी देते रहते।

इस पर वह दिलकश हंसी हंसती हुई उत्तर देती—"ईश्वर मेरा रक्षक है, मेरे बंदियो !" कहते हुए, वह हमारी दृष्टि से ओझल हो जाया करती।

उसके चले जाने के बाद हम देर तक उसके बारे में बातें करते रहते। हमारे विचार सदा एक ही होते, क्योंकि वह, हम और हमारे चहुं ओर की वस्तुएं सदा वही होतीं। वास्तव में स्थिर जीवन तो मनुष्य के लिए एक आफत है, जिसकी सीमा निर्धारित है। जितना समय वह इस सीमित क्षेत्र में व्यतीत करेगा, उतना ही वह वातावरण उसके लिए असहनीय होता जाएगा।

हम स्त्री-जाति के विषय में ऐसे शब्दों में बातचीत किया करते कि कभी-कभी हमारा वार्तालाप कुछ अरुचिकर-सा प्रतीत होता था। इसका अर्थ यह नहीं है कि हमारे विचार स्त्रियों के बारे में बहुतेरे थे।

टानयां की शान में हमारे मुख से कोई अनुचित वाक्य निकलने न

पाता। शायद इसका कारण यह हो कि वह हमारे पास बहुत कम देर तक ठहरती थी। वह हमारी दृष्टि के सामने आकाश से टूटे हुए तारे की भांति रोशनी फैलाकर फिर ओझल हो जाती थी, या संभव है कि दिल में अपने लिए मान और आदर पैदा कर लेती है, चाहे वह मनुष्य असभ्य ही क्यों न हो। इसके अतिरिक्त एक अन्य कारण भी था। यद्यपि जेल के से कठोर परिश्रम ने हम सबको जंगली पशुओं से भी गया-बीता बना दिया था, किन्तु हम फिर भी मनुष्य थे और ईश्वर-रचित अन्य प्राणियों के समान हम भी किसी की प्रार्थना किए बिना जीवित न रह सकते थे। हमारे लिए उसके व्यक्तित्व से अधिक कोई अन्य वस्तु न थी, इसलिए कि बीसियों मनुष्यों में से, जो इस गृह में रहते थे, केवल वही थी, जो हमारी चिन्ता रखती थी, सबसे बड़ा कारण यही था।

रोज़ उसको बिस्कुट देना हम अपना कर्तव्य समझते थे। यह उपहार था, जो हम रोज़ अपनी आराध्य देवी के चरणों में अर्पण करते थे। शनैः-शनैः इस कर्तव्य या रीति ने धर्म का रूप धारण कर लिया, और हमारा और उसका सम्बन्ध घनिष्ठ हो गया।

बिस्कुटों के अतिरिक्त हम टानया को उपदेश भी दिया करते—यही कि वह इस शीत में गरम कपड़े उपयोग में लाए, और सीढ़ियों पर ज़रा ख्याल से उतरा करे।

हमारी इन उपदेश की बातों को वह मुस्कराती हुई सुना करती, पर इनको कभी उसने कार्यान्वित नहीं किया। उसका यह व्यवहार हमें कभी बुरा मालूम न होता, क्योंकि वास्तव में उसे उपदेश देने से हमारा केवल यह तात्पर्य था कि वह इस बात को स्वयं समझ ले कि हम उसकी रक्षा के निमित्त कितने चिन्तित हैं।

कभी-कभी वह हमें कुछ काम करने के लिए कहती, जिसे हम बड़े हर्ष एवं गर्व के साथ कर दिया करते। परन्तु जब एक बार हमारे साथी ने उसे अपनी कमीज़ देकर पैबंद लगाने को कहा, तो उसने नाक-भौं चढ़ाते हुए उत्तर दिया, "क्या निगोड़ा यही काम रह गया है मेरे लिए? मुझे और बहुत-से काम करने हैं।"

हम अपने मूर्ख साथी पर खूब हंसे, और फिर हममें से किसी ने उससे कोई काम करने को न कहा।

हमें उससे प्रेम था, उसके प्रति हमारे भाव को यदि प्रेम कहा जा सके। समझ लीजिए कि हमारे समस्त भाव तथा भावनाएं इसी 'प्रेम' शब्द में निहित हैं। मनुष्य की सदा यही इच्छा रही है कि वह किसी को अपने स्नेह का केन्द्र बनाए, चाहे प्रेम-पात्र उसके अनुराग के बोझ के नीचे पिस ही क्यों न जाए। असली कारण उसका यह है कि प्रेम करते वक्त वह अपने स्नेह-भाजन का आदर नहीं करता। हम यदि टानया से प्रेम करते थे, तो लाचारी से और इसलिए कि हमारे पास कोई और वस्तु न थी, जिससे हम प्रेम कर सकते।

कभी-कभी हममें से कोई यह सोचने लग जाता कि हम सब उस लड़की के बारे में व्यर्थ क्यों माथापच्ची करते हैं। उस लड़की के प्रेम से आख़िर हमें क्या मिलेगा? हममें से कोई भी उस देवी के विषय में ऐसे अनुचित वाक्यों का उपयोग करता, उसके साथ बड़ा कटु व्यवहार किया जाता।

हम चाहते थे कि हम किसी से प्रेम करें। और अब हमको वह वस्तु, जिसकी हमको खोज थी, मिल गई थी। और वह वस्तु, जिसे हम छब्बीस व्यक्ति अनुरागभरी दृष्टि से देखते थे, अवश्य ही औरों के लिए आदर के योग्य होनी चाहिए। वह हमारे लिए पूजनीय थी, और यदि कोई प्राणी हमारे दृष्टिकोण के विरुद्ध चलता, तो वह हमारा शत्रु था।

निस्सन्देह, प्रायः लोग उस वस्तु से प्रेम करते हैं, जो वास्तव में प्रेम किए जाने के योग्य नहीं होती। किन्तु यहां तो हम छब्बीस पुरुष एक नाव में सवार थे। इसलिए हम चाहते थे कि उस वस्तु को, जिसे हम प्यार करते हैं, अन्य सब पवित्र समझें। बिस्कुट के कारखाने के अलावा हमारे स्वामी के पास एक केक-फैक्टरी भी थी, जो उसी गृह में थी। हमारी कब्र-सदृश कोठरी और उस फैक्टरी के बीच केवल एक दीवार थी। उस फैक्टरी के सेवक अपने काम को हमारे काम से बढ़िया और ऊंचा मानते थे, और

हमसे घृणा करते थे। यही कारण था कि वे हमसे बहुत कम मिलना पसंद करते थे। जब कभी आंगन में उनसे हमारा सामना हो जाता, तो वे हम पर हंसते थे।

हमें उनके कार्यालय में प्रविष्ट होने की आज्ञा न थी, केवल इसलिए कि हमारे स्वामी का विचार था कि हम वहां से मक्खन के केक चुरा लेंगे।

हमें भी उनसे घृणा थी, और कुछ जलन थी, इसलिए कि उनका काम तो हमारे काम से कम और पारिश्रमिक हमारे पारिश्रमिक से अधिक था। उनके भोजन की सामग्री हमारे भोजन की सामग्री से कहीं अच्छी होती थी। उनके काम करने का स्थान साफ तथा हवादार था, और फलस्वरूप वे हमसे अधिक स्वस्थ और प्रसन्न थे। इसके विपरीत हम सब पीले और क्षीणकाय थे। हममें से तीन तो चिररोगी थे, और शेष तपेदिक-जैसे रोग से ग्रस्त थे। एक बेचारा तो गठिया के कारण प्रायः अपाहिज-सा हो रहा था।

छुट्टी के दिनों में वे सुन्दर वस्त्र और नए पालिश किए हुए जूते पहनकर, बाग में टहलने के लिए निकलते, और हम चिथड़ों में और फटे हुए बूट पहने हुए बाग की ओर जाते। पुलिस हमें अन्दर घुसने नहीं देती। ऐसी स्थिति में कैसे सम्भव था कि हम उन केक बनाने वालों को प्रेम की दृष्टि से देखते ?

कुछ दिन बाद हमने यह समाचार उड़ते-उड़ते सुना कि उनका व्यवस्थापक शराबी होने के कारण निकाल दिया गया है, और उसकी जगह एक व्यक्ति रखा गया है, जो किसी समय सिपाही था।

इस सिपाही के विषय में लोग कहते थे कि वह लाल बास्कट पहने, एक बड़ी-सी सुनहरी ज़ंजीर लटकाए, आंगन में घूमा करता है हम इस नए मैनेजर को देखने के लिए बहुत उत्सुक थे। उसके दर्शन की आशा में हम सबने बारी-बारी आंगन में चक्कर काटे, मगर बेकार।

एक दिन वह स्वयं हमारे कार्यालय में आया। बूट की ठोकर से द्वार

को खोलकर, वह दहलीज़ पर खड़ा हो गया, और मुस्कराते हुए कहने लगा, "ईश्वर तुम्हारे साथ हो, मेरे बच्चो ! नमस्ते !"

भट्ठी का धुंआं काले बादलों की भांति चक्कर लगाता हुआ द्वार से जा रहा था। वहीं सिपाही एक विचित्र रोबीले भाव में खड़ा, हमारी ओर देख रहा था। उसने अपनी मूंछों को खूब ताव दे रखा था, जिसमें से पीले दांतों की पंक्तियां दृष्टिगोचर हो रही थीं। वह आज नीले रंग की एक भड़कीली, कामदार बास्कट पहने हुए थे, जिस पर सुनहले बटन खूब चमक रहे थे। सोने की वह ज़ंजीर, जिसके बारे में हमने सुना था, अपने स्थान पर थी।

यह सिपाही गठीले शरीर का, मज़बूत, लम्बा और सुन्दर था। उसकी बड़ी-बड़ी चमकदार आंखों में मित्रता का भाव साफ प्रकट हो रहा था। उसके सिर पर एक अकड़ी हुई टोपी शोभायमान थी, और उसके पाजामे के पांयचों से हाल में पालिश किए बूट झांक रहे थे।

हमारे नानबाई ने उसकी सेवा में आदरपूर्वक द्वार बन्द करने की प्रार्थना की, द्वार बन्द करने के बाद उसने स्वामी के बारे में हमसे बहुत-से प्रश्न किए। हमने उन प्रश्नों का उत्तर देते हुए बतलाया कि हमारा स्वामी खून चूसने वाला पिस्सू, दासों का व्यापारी, मनुष्यों को बेचने वाला एजेंट और कष्ट देने वाला प्राणी है...हमने अपने स्वामी के बारे में उसे ऐसी बातें बताईं, जिनका काग़ज़ पर लिखना असम्भव-सा है।

सिपाही ने अपने प्रश्नों के उत्तर ध्यानपूर्वक सुने। अकस्मात्, जैसे किसी गहरी निद्रा से चौंक पड़ा हो, वह कहने लगा, "तुम लोगों के पास छोकरियां तो बहुत होंगी ?"

इस प्रश्न पर कुछ तो हंस पड़े, और कुछ ने दुःखपूर्ण आकृति बना ली। फिर हममें से एक ने सिपाही को बतलाया कि हमारे चहुं ओर युवतियां हैं–दर्जन-भर के लगभग।

इस पर सिपाही ने आंखों को नचाते हुए कहा, "क्या उनसे आमोद-प्रमोद भी हुआ करता है ?"

हम फिर हंस पड़े। हममें से कुछ तो सिपाही को यह बात बता देना चाहते थे कि वे छोकरियां, जिनके बारे में वह वार्तालाप कर रहा है, उसी की तरह तेज़ तथा चालाक हैं। किन्तु साहस ने साथ नहीं दिया। फिर भी हममें से एक ने दबी ज़ुबान में यह कह ही दिया :

"इस स्थिति में, जिसमें हम हैं... "

"ठीक है, इस स्थिति में ऐसा आमोद-प्रमोद तुम्हारे लिए असंभव है। वास्तव में तुम्हें अपनी इस स्थिति में नहीं रहना चाहिए। किन्तु इसमें तुम्हारा कोई दोष नहीं, तुम्हारा भाग्य ही बुरा है। मेरा अभिप्राय समझते हो न ? स्त्रियां तो, तुम जानते हो, उसी पुरुष को चाहती हैं, जो ठाठदार जवान और सुन्दर हो। साथ ही वे मर्द में शक्ति की भी पूजा करती हैं। इस बाहु के विषय में तुम्हारा क्या विचार है ?" और सिपाही ने आस्तीन चढ़ाकर बाहु को कोहनी तक नंगा कर दिया। बाजू मज़बूत और श्वेत रंग का था, जिस पर सुनहले बाल चमक रहे थे। "टांगें और छाती भी इसी तरह मज़बूत हैं। गोश्त से भरी हुई...शक्ति के अतिरिक्त मर्द के लिए यह भी ज़रूरी है कि अच्छी-बढ़िया पोशाक पहने...मेरी ओर देखो, तमाम युवतियां मुझे प्यार करती हैं, यद्यपि मैंने कभी इधर प्रयत्न भी नहीं किया...ऐसी दर्जनों हैं।" यह कहकर, वह एक टोकरी पर बैठ गया, और हमें यह सुनाना आरम्भ किया कि किस प्रकार स्त्रियां उसके प्रेमपाश में फंस जाती हैं, और वह उनके साथ कैसा व्यवहार करता है।

उसके चले जाने के बाद हम कुछ देर तक चुप रहे, और उसकी प्रेम-कहानियों के विषय में सोचते रहे।

फिर हम बातचीत में लग गए, जिसमें सबने सहमत होकर यह माना कि वह सिपाही वास्तव में सभ्य तथा मिलनसार है। वह बड़ा ही हंसमुख और मृदुभाषी सिद्ध हुआ था, उसने हमारे साथ इस तरह की बातें कीं, जैसे वह हममें से एक है, हमारे पास आज तक कोई ऐसा व्यक्ति न आया था, जिसने हमारे साथ इस प्रकार मैत्री-भाव से वार्तालाप किया हो।

हम बहुत देर तक उसकी उन सफलताओं के बारे में विचार प्रकट करते रहे, जो निकट भविष्य में उसे फैक्टरी में युवतियों का प्रेम जीतने में प्राप्त होने वाली थीं—उन लड़कियों का प्रेम, जो हमारी तरफ़ देखकर घृणा से मुख फेर लेती थीं, या जिनको हम ललचाई दृष्टि से देखते थे, जबकि वे आंगन में नाना प्रकार के सुन्दर वस्त्र पहनकर गुज़रतीं।

"टानया के विषय में तुम्हारा क्या विचार है ? कहीं वह भी सिपाही के चंगुल में न फंस जाए।" नानबाई ने कहा।

इन शब्दों ने हम पर बहुत प्रभाव डाला। हम चुप रहे।

टानया का विचार हमारे मस्तिष्क से प्रायः लोप-सा हो गया था। सिपाही के सुन्दर और मज़बूत शरीर ने उसे हमारी नज़रों से दूर कर दिया था।

कुछ देर बाद बहस शुरू हो गई। हममें से कुछ को तो विश्वास था कि टानया एक साधारण सिपाही के लिए अपने सतीत्व को कदापि हाथ से जाने न देगी, मगर कुछ का विचार था कि वह सिपाही की चालों का मुकाबला न कर सकेगी।

हममें से कुछ ने राय दी कि यदि सिपाही उसके साथ सफल होने का प्रयत्न करें तो उसकी पसलियां कुचंल डाली जाएं।

अंत में बहस समाप्त होने पर यह निर्णय हुआ कि हम सब टानया की रक्षा करें और उसे आने वाले संकट से सूचित कर दें।

एक मास व्यतीत हो गया।

सिपाही अपने कार्य में लगा रहा। इस बीच वह हमारे कारखाने में कई बार आया, किन्तु युवतियों पर सफलता पाने की कहानियों का एक शब्द भी मुंह से नहीं निकाला।

टानया रोज़ प्रातः बिस्कुटों के लिए आती। उसका व्यवहार वैसा ही मैत्रीपूर्ण था। उसने उसे उस सिपाही के संबंध में चेतावनी देनी चाही, किन्तु उन नामों से, जिनसे वह उसे पुकारती, हमें विश्वास हो गया कि वह उसके हत्थे नहीं चढ़ सकती।

हमें अपनी टानया पर सिपाही से बची रहने के कारण गर्व था, क्योंकि हम प्रतिदिन सिपाही के साथ किसी न किसी युवती को देखते थे। टानया के इस ऊंचे आदर्श ने हमारे विश्वास को और भी दृढ़ कर दिया। अब हम सिपाही को घृणा की दृष्टि से देखने लगे, साथ ही टानया का मान और आदर हमारे हृदयों में उत्तरोत्तर बढ़ता गया।

एक रोज़ सिपाही शराब में मदहोश, हंसता हुआ हमारे कमरे में दाखिल हुआ। जब हमने उससे हंसने का कारण पूछा, तो उसने उत्तर दिया, "दो छोकरियां मुझे लेकर आपस में लड़ रही हैं...उन्होंने किस प्रकार एक-दूसरे को नीचा दिखाया...हा-हा-हा !...एक-दूसरे के बाल पकड़कर वे ज़मीन पर गिर पड़ीं। हा-हा-हा !... और उन्होंने पागल बिल्लियों की तरह एक-दूसरे को नोचना शुरू कर दिया... मेरा हंसी के मारे बुरा हाल हुआ जा रहा था...मुझे आश्चर्य है कि स्त्रियां दूर-दूर से ही लड़ाई क्यों नहीं लड़तीं... नोचने से लाभ ?"

वह बेंच पर बैठा हुआ कैसा सुडौल और स्वस्थ दिखाई दे रहा था ! हम चुप थे, इसलिए कि उसका आगमन हमें अच्छा नहीं लग रहा था।

"मैं इस समस्या का उत्तर नहीं पा सका...ईश्वर, स्त्रियां मुझ पर क्यों अनुरक्त हैं ?... बस, नेत्र झपकने की देर रहती है कि... " कहकर, सिपाही अपनी श्वेत भुजाओं को हवा में हिलाने और हमारी ओर दोस्ताना दृष्टि से देखने लगा।

"छोटे पौधों को उखाड़ लेना कोई वीरता नहीं। मज़ा तो तब है कि किसी मज़बूत पेड़ को गिराया जाए !" हमारे नानबाई ने कोप से लोहे की सलाख को भट्ठी में तेज़ी से चलाते हुए कहा।

"तू क्या यह मुझसे कह रहा है ?" सिपाही ने पूछा।

"हां, तुम्हीं से कह रहा हूं।"

"इससे तुम्हारा मतलब ?"

"कुछ भी नहीं... कुछ भी नहीं... "

"ठहरो, ठहरो। वह कौन-सा मज़बूत पेड़ है, जिसका तुम ज़िक्र कर

रहे हो ?"

नानबाई ने उत्तर न दिया, भट्ठी से पके हुए बिस्कुट निकालने में व्यस्त रहा। इससे मालूम हो रहा था कि सिपाही और उसकी बातचीत को वह बिलकुल भूल चुका है। पर सिपाही विकल हो उठा और अपनी जगह से उठकर, भट्ठी के पास आया, और बोला, "बताओ...किस स्त्री की बात कह रहे थे ? फिर क्षण-भर रुककर कहा, "तुमने मेरा अपमान किया है... कोई स्त्री मुझसे जीत नहीं सकती !"

उसकी बातों से प्रकट था कि नानबाई के शब्दों ने उसके अंदर आग-सी लगा दी थी। उसको गर्व था कि वह स्त्रियों को शीघ्र ही वश में कर लेता है, और वास्तव में उसमें सिवाय इस गुण के दूसरा कोई प्रशंसनीय गुण नहीं था। और इसी एक गुण के कारण वह अपने-आपको ज़िन्दा इंसान कहला सकता था।

दुनिया में ऐसे प्राणी विद्यमान हैं, जो रोग को, चाहे वह आध्यात्मिक हो या शारीरिक, जीवन का एक अबूझ भाग समझकर, उसका समस्त जीवन भरण-पोषण करते रहते हैं, और उसी में अपने जीवन का रहस्य समझते हैं। वास्तव में ऐसा जीवन दुःखद ही होता है। वे इसके विषय में दूसरों से शिकायत ज़रूर करते हैं, केवल इसलिए कि पड़ोसियों का ध्यान उनकी ओर आकर्षित हो जाए, और इस प्रकार वे उनसे सहानुभूति प्रकट करने लगे।

यदि ऐसे प्राणियों से उद्विग्नता, बेचैनी और कष्ट छीन लिए जाएं, अर्थात् उनके दर्द की चिकित्सा कर दी जाए, तो वे पहले की तरह प्रफुल्लित न होंगे, इसलिए कि उनकी ज़िन्दगी का अंतिम सहारा उस तरह उनसे पृथक् कर दिया जाएगा। अब वे खाली पात्र के समान होंगे। कभी-कभी एक मनुष्य का जीवन इतना दुःखी और निर्धनता से दबा हुआ होता है कि वह लाचार हो किसी वस्तु पर अपना प्रेम केन्द्रित कर देता है, और इसी पर जीवित रहना चाहता है। या यह कहिए कि प्रायः लोग केवल मानसिक बेकारी के कारण पाप की ओर झुक जाते हैं।

सिपाही सख्त नाराज़ हो गया था। नानबाई की ओर लपका, और भयानक स्वर में बोला, “मैं बार-बार कह रहा हूं कि बोलो...किस युवती के विषय में कह रहे हो ?”

“कहूं फिर ?” नानबाई ने सिपाही की ओर मुड़ते हुए कहा।

“हां, हां।”

“क्या तुम टानया को जानते हो ?”

“क्यों ?”

“बस, वही लड़की है... वश में करने का प्रयत्न करो।”

“मैं ?”

“हां-हां, तुम !”

“यह तो बिलकुल साधारण-सी बात है।”

“हम देखें कैसे।”

“देख लोगे...हा-हा-हा !”

“वह तुम्हारी ओर आंख उठाकर भी न देखेगी !”

“केवल एक मास का समय चाहता हूं।”

“शेख़चिल्ली मत बनो, मियां सिपाही !”

“अच्छा चौदह दिन ही...इसके बाद तुम देख लेना...क्या नाम लिया था तुमने ?... टानया ?”

“अब जाओ... तुम्हारे कारण कार्य में विघ्न हो रहा है।”

“बस, चौदह दिन...और वह मेरी होगी।”

“मैं कहता हूं, यहां से दूर हो जाओ!” कहकर नानबाई ने पशुओं की तरह भयंकर रूप धारण कर लिया।

सिपाही को आश्चर्य हुआ। यह कहता हुआ वह वहां से चला गया, “बहुत अच्छा ।”

इस बहस में हम सब चुप रहे, क्योंकि उनकी बातचीत को हम ध्यानपूर्वक सुन रहे थे। परन्तु ज्योंही सिपाही ने पीठ मोड़ी, हम सबने ज़ोर-ज़ोर से बातें करके कोठरी को सिर पर उठा लिया। हममें से एक ने

नानबाई से चिल्लाकर कहा, "तुम्हें क्या दुष्टता सूझी है ? काम किए जाओ अपना।"

"सुना या नहीं ?" नानबाई ने कठोरता से उत्तर दिया।

हम बड़ी चिन्ता में पड़ गए। क्योंकि सिपाही अपना वचन पूरा करने का प्रयत्न करेगा यह निश्चित था, और इस तरह टानया का सतीत्व संकट में था।

साथ ही उस बहस का परिणाम देखने को भी हम उत्सुक थे—उस बहस का नतीजा, जो किसी भी युग में सुखद नहीं था।

"क्या टानया सिपाही का साहसपूर्वक मुकाबला कर सकेगी ?" इस प्रश्न पर हम सब एक साथ चिल्ला उठे, जैसे हमें टानया पर पूरा भरोसा हो, "टानया हरगिज़ विचलित न होगी !"

हम बहुत दिनों से उस देवी की स्थिरता एवं सहनशीलता की परीक्षा लेने के इच्छुक थे। और अब हमने आपस में यह विश्वास कर लिया कि टानया इस परीक्षा में अवश्य सफल होगी उस दिन से हमारा जीवन एक विचित्र प्रकार का हो गया, जिसका हमको कोई अनुभव नहीं था। हम बहुत देर तक बहस किया करते।

अब हमें प्रतीत होता कि हम शैतान से बाजी लगा रहे हैं, और टानया का सतीत्व हमारा दांव है।

जब हमने केक बनाने वाले नानबाई से यह सूचना पाई कि सिपाही ने टानया का पीछा करना शुरू कर दिया है, तो हमको बहुत दुःख हुआ, और हम सब इस चिन्ता में ऐसे डूब गए कि हमको यह ज्ञात भी न हुआ कि कब स्वामी ने तीन सेर मैदा और बढ़ा दिया। अब टानया का नाम सदा हमारी ज़बान पर रहने लगा। हम प्रतिदिन प्रातः उसकी प्रतीक्षा किया करते, असाधारण बेसब्री के साथ।

वह नित्य हमारे पास आती। किन्तु हमने सिपाही वाले वाद-विवाद की उसे सूचना न दी और न उससे कभी प्रश्न किए। हमारा प्रेम पहले जैसा ही था, बल्कि कुछ वृद्धि ही हुई थी उसमें।

"मित्रो, नियत समय आज पूरा हो जाएगा।" नानबाई ने उस दिन सवेरे काम शुरू करते हुए कहा।

यद्यपि वह बात हमको पहले से ही ज्ञात थी, फिर भी हम न जाने क्यों ऊपर से नीचे तक कांप गए।

"वह अभी-अभी आएगी... ज़रा ध्यान से देखना उसे।" नानबाई ने कहा।

"जैसे...आंखें कुछ बता सकेंगी।" हममें से एक ने दुःखपूर्ण स्वर में कहा।

इस पर विवाद होने लगा। आज के दिन हमें मालूम हो जाना था कि वह पात्र, जिसमें हम सबके दिल हैं, कितना साफ और शुद्ध है। आज हमको कुछ ऐसा ज्ञात हुआ, जैसे हम कोई बड़ा खेल खेल रहे हों, जिसमें हमें अपनी हार का भय हो।

पिछले कुछ दिनों से हम सुन रहे थे कि सिपाही सफलमनोरथ होने के लिए टानया के पीछे साये की भांति लगा हुआ है। टानया हमेशा की तरह बिस्कुटों के लिए आती, किन्तु उससे सिपाही के बारे में हम कुछ न पूछते। हमको स्वयं आश्चर्य था कि क्यों आज के दिन भी हमने उसे यह कहते सुना, "छोटे बंदियो, मैं...आ गई हूं।" इस पर हम सब आ गए। और जब वह अन्दर आ गई, तो हम हमेशा के नियम के विरुद्ध उसे मौन मिले। हमारे नेत्र उस पर ज़रूर जमे हुए थे, किन्तु हम समझ नहीं पा रहे थे कि कैसे आरम्भ करें। हम शान्ति और विस्मय के चित्र बने उसके सामने खड़े थे। इस विचित्र नए प्रकार के स्वागत को देखकर वह भी चकित हुई। अकस्मात उसका मुखड़ा पीला पड़ गया। कुछ बेचैन, धीमी आवाज़ में वह बोली, "तुम्हें आज क्या हो गया है ?"

"तुम अपनी सुनाओ।" नानबाई ने दर्दभरे स्वर में कहा।

"अपनी ?... क्या मतलब है तुम्हारा ?"

"कुछ भी नहीं... कुछ भी नहीं।"

"तो चलो, मुझे बिस्कुट दो। ज़रा जल्दी।" इससे पहले उसने कभी

ऐसी जल्दी न दिखाई थी।

"तुम जल्दी क्यों मचा रही हो ?" नानबाई ने टानया से आंखें मिलाते हुए कहा।

इस पर वह तेज़ी से मुड़ी और द्वार के बाहर भाग गई।

नानबाई ने अपनी सलाख पकड़ी और भट्ठी की तरफ़ जाते हुए दबी ज़बान में कहने लगा, "इसका मतलब है... कि वह अब उसकी है... आह, वह सिपाही... बदमाश, मक्कार !"

हम भेड़ों के झुंड की तरह अपने कंधों को हिलाते हुए मेज़ की ओर बढ़े, और चुपचाप काम पर लग गए।

"लेकिन क्या यह मुमकिन हो सकता है ?" हममें से किसी ने अपने-आपको सान्त्वना देते हुए कहा।

"बस, बस... बोलने की क्या ज़रूरत है।" नानबाई ने चिल्लाते हुए कहा।

हमें मालूम था कि नानबाई बुद्धिमान है, हमसे कहीं अधिक बुद्धि वाला। इसलिए उसके चीखने से हमने अनुमान लगा लिया कि वह सिपाही की सफलता तथा विजय पर दुःखी है।

यह विचार आते ही हमने अपने-आपको संतप्त, दुःखित और उद्विग्न पाया।

बारह बजे अर्थात दोपहर के भोजन के समय सिपाही आया, और प्रसन्नता तथा हर्ष के साथ चारों ओर देखने लगा। फिर बोला, "प्यारे मित्रो, यदि चाहते हो कि तुम्हें आज अपनी सफलता दिखलाऊं... तो आंगन से लगे हुए कमरे में जाकर खिड़कियों में से झांककर देखो... समझ गए ?" और वह अभिमान से हंस पड़ा।

सिपाही के कथनानुसार हम आंगन से सटे हुए कमरे में चले गए और सीखचों पर मुंह रख दिए।

हमें बहुत देर प्रतीक्षा नहीं करनी पड़ी, क्योंकि शीघ्र ही टानया तीव्र गति से आंगन के छप्परों के पास से, जोकि कीचड़ और बरफ़ से भीगे हुए थे,

गुज़री। उसके कुछ क्षण बाद सिपाही प्रकट हुआ, जिसका मुंह टानया की ओर था। बड़े कोट की जेब में हाथ डाले, सीटी बजाता हुआ, वह भी टानया की तरह हमारी आंखों से अदृश्य हो गया। इसी बीच में मेंह बरसने लगा।

मेंह के कारण आज का दिन बहुत उदास और बुरा था। मकानों की छतों पर बरफ़ जमी हुई थी, और पृथ्वी पर कीचड़ थी। वर्षा की बूंदें सिसकियां भरती हुई गिर रही थीं।

यद्यपि इस शीत में इस प्रकार खड़े रहना बुरा लग रहा था, किन्तु हम तो टानया की अस्थिरता पर अन्दर ही अन्दर बुरी तरह जल रहे थे। हमको दुःख था कि उसने एक साधारण सिपाही के लिए हम सबको त्याग दिया। और इसीलिए हम जल्लादों के से भयपूर्ण आह्लाद से उसकी प्रतीक्षा करने लगे।

कुछ देर बाद टानया वापस आई। उसकी आंखें, हां, उसकी आंखें किसी अज्ञात प्रसन्नता तथा हर्ष से आलोकित-सी थीं। उसके होठों पर मुसकान खेल रही थी। वह चली आ रही थी झूमती हुई, जैसे स्वप्न में हो। हमारी दृष्टि उस पर जम गई। प्रतीक्षा तो थी ही।

इस दृश्य को हम अधिक निस्तब्धता से न देख सके। इसलिए द्वार से निकलकर आंगन की ओर पागलों की भांति भागे हुए गए, और उस पर कटु, व्यंग्यात्मक शब्दों, उपालंभों की बौछार करने लगे। हमको ऐसी दशा में देख, वह कांपी और ठहर गई, जैसे वह कीचड़ में गिर पड़ी हो। हम सबने उसको घेर लिया, और जी भरकर उसे खरी-खोटी सुनाई... उस समय शोर हमने किंचित् भी नहीं होने दिया। अवसर का हमने सदुपयोग किया। हम यह तो जानते ही थे कि हमारे बीच में घिरकर वह कहीं नहीं जा सकती, और हम जितनी देर चाहें, अपने हृदय का बुखार निकाल सकते हैं। यदि आश्चर्य है तो इस बात का कि हमने उसे पीटा क्यों नहीं।

वह हमारे बीच में घिरी हुई, चुपचाप गालियां सुन रही थी। और हम गालियों और उपालंभों के द्वारा अपने हृदय की आग उगल रहे थे।

कुछ देर बाद उसका मुखड़ा अवर्ण-सा हो गया। उसकी नीली आंखें, जो कुछ मिनट पूर्व प्रफुल्लता से चमक रही थीं, अब फटी हुई मालूम हो रही थीं, उसका वक्षस्थल जल्दी-जल्दी उठता-गिरता-सा प्रतीत हो रहा था और अधर थरथरा रहे थे। पर हम तो उसे घेरे हुए व्यस्त थे अपनी जलन की आग बुझाने में, क्योंकि उसने हमें धोखा दिया था।

वह हमारी थी, इसीलिए हमने उसकी सेवा में अपने-अपने हृदय उपस्थित किए थे—यद्यपि वे भिखारी के टुकड़े से अधिक मूल्य के न थे। परन्तु उसने छब्बीस दिलों को एक सिपाही के निमित्त ठुकरा दिया था। हम उसे बुरा-भला कह रहे थे और वह चुपचाप शिकारी के शिकार की तरह फटी हुई आंखों से कातरदृष्टि से हमारी ओर देख रही थी।

अब और लोग भी आ गए।

हममें से एक ने टानया की आस्तीन पकड़कर खींच ली। इस पर उसकी आंखों में एक चमक-सी उत्पन्न हो गई और वह अपने सिर को किंचित् ऊपर उठाकर, बालों को संवारते और हमारी ओर घूरते हुए, एकदम बोली, "ऊंह... जेल के नीच पक्षी !" यह कहकर वह हमारे पास से बिना किसी झिझक तथा संकोच के चली गई, जैसे हम उसके पथ में बाधक ही नहीं थे, उसके वीरतापूर्ण भाव ने हमें इस बात का साहस ही नहीं दिया हम उसे रोकें।

हमारे पास से जाते हुए, वह घृणासूचक स्वर से बोली, "कमीने, अपवित्र, दुष्ट मनुष्य !" यह कहकर वह ओझल हो गई। और हम आंगन में कीचड़ और बरफ़ के ठेलों के नीचे गिरती हुई वर्षा तथा सूर्य से रहित आकाश के नीचे खड़े रह गए।

थोड़ी देर पश्चात् हम अपने कारागार में चले गए, जहां सूर्य की किरणें, जो ज़िन्दगी की खुशी देने वाली होती हैं, हम तक नहीं पहुंचती थीं।

टानया फिर कभी न आई।

एक इंसान का जन्म

सन् 1892। अकाल का वर्ष। सुखूम और ओशेमशिरी के बीच कोदोर नदी, समुद्र-तट के बहुत पास—स्वच्छ पहाड़ी चश्मे की खुशनुमा कलकल को दबाकर उठाने वाली समुद्री लहरों की खोखली-सी आवाज़ मुझे सुनाई पड़ रही थी।

पतझड़। बे[1] की छोटी-छोटी, पीली पत्तियां कोदोर की सफ़ेद लहरों पर चपल सामन मछलियों के समान इधर-उधर उछल रही थीं। मैं नदी के किनारे के ऊंचे चट्टानी कगार पर बैठा सोच रहा था कि समुद्री चिड़ियां और बगुले भी शायद पत्तियों को मछलियां समझकर बेवकूफ बन रहे हैं—तभी तो वे दाहिनी ओर पेड़ों के उस पार, जहां लहरें, किनारे से टकरा रही थीं, बेतहाशा चीख़ रहे थे।

जिस तट पर मैं बैठा था उस पर उगे अखरोट के वृक्षों ने अपना शृंगार मानो सोने से कर लिया था—और धरती पर, मेरे आसपास पड़ी बेहिसाब पत्तियां इंसानी कलाइयों से अलग की हुई अंगुलियों-सी दीख रही थीं। दूसरे किनारे पर हॉर्नबीम[2] की शाखें कभी की नंगी हो चुकी थीं और फटे हुए जाल-सी हवा में लटक रही थीं। जाल के भीतर, मानो उसमें फंसा हुआ, एक लाल पहाड़ी कठफोड़वा फुदकता हुआ अपनी काली

1-2. काकेशस पर उगने वाले एक प्रकार के वृक्ष।

चोंच से तने की छाल को खटखटाकर कीड़ों को भगा रहा था और उत्तर से आए अतिथि—फुर्तीले टॉमटिट[1] और भूरे नटहैच[2] — उन्हें फौरन गड़प कर ले रहे थे।

मेरे बाईं ओर, काले बादल पहाड़ी चोटियों पर लद-से गए थे। बारिश के आसार थे। हरे-भरे ढलानों के आर-पार बादलों की परछाइयां फिसल रही थीं। ढलानों पर बॉक्सवुड[3] की झाड़ियां उगी हुई थीं और बीच[4] तथा जंभीरी नीबू के कुंजों में एक प्रकार का 'नशीला शहद' मिल सकता है, जिसने पुराने ज़माने में पॉम्पीआई महान् की सेनाओं को भी मात दे दी थी। उसकी नशीली मधुरता ने पूरी की पूरी रोमी सेना के पांव उखाड़ दिए थे। जंगली मधुमक्खियां बे और अज़ाली[5] के फूलों के पराग से यह शहद तैयार करती हैं, और राहगीर उसे निकालकर अपनी रोटियों पर फैलाकर खाते हैं।

और अखरोट के पेड़ के नीचे एक पत्थर पर बैठा मैं भी ठीक यही काम कर रहा था। एक क्रोधित मधुमक्खी ने मुझे डंक मार दिया था। और मैं चाय के डब्बे में रक्खे शहद में रोटी डुबो-डुबोकर खा रहा था और साथ ही पतझड़ के थके हुए सूर्य की किरणों के निरर्थक खेल को भी देख रहा था।

पतझड़ में काकेशस किसी अत्यन्त सुन्दर गिरजाघर के भीतरी भाग-सा मालूम पड़ता है; जिससे महान् साधुओं–जो महान् पापी भी हों—ने लोगों की तीखी दृष्टि से अपने शर्मनाक अतीत को छिपाने के लिए बनवा दिया हो। उन्होंने सोने, नीलम और पन्ने से एक विशाल मन्दिर बनवाया और पहाड़ की दीवारों पर समरकन्द और शेमाहा के

1-2. पक्षी जो गर्मियों में उत्तरी प्रदेश में चले जाते हैं।

3. एक पेड़ जिसकी लकड़ी पर खुदाई करके सुन्दर उपहार योग्य वस्तुएं बनाई जाती हैं।

4. एक प्रकार की झाड़ी।

5. एक पौधा।

तुर्कों की बनाई रेशम से कढ़ी खूबसूरत कालीनें लटकवा दीं। सारी दुनिया को लूटकर लूट का माल वे यहां ले आए और सूर्य को भेंट देते हुए मानो बोले :

"तेरा...तुझसे... तुझे ही !"

...मुझे एक अनुपम दृश्य दीखा। मैंने देखा कि लम्बी बर्फीली सफ़ेद दाढ़ियों वाले देव पहाड़ से उतरते चले आ रहे हैं। प्रसन्न बच्चों-सी बड़ी उनकी आंखें हैं और वे पृथ्वी को सुन्दर बना रहे हैं, खुले हाथ से अपने रंग–बिरंगे खज़ाने लुटा रहे हैं, पहाड़ की चोटियों को चांदी की मोटी परतों से तथा ढलानों को अनेक प्रकार के वृक्षों के सजीव डिज़ाइनों से ढके दे रहे हैं—और भगवान् की कृपायुक्त धरती के इंस टुकड़े को उनके द्वारा अनुपम सौंदर्य प्रदान किया जा रहा है।

इंसान होना भी कितना अच्छा है ! कैसी-कैसी आश्चर्यजनक चीज़ें देखने को मिलती हैं ! सौंदर्यानुभूति में हृदय कैसे दर्द जैसी प्रसन्नता से मथ उठता है !

हां, कभी-कभी बड़ा मुश्किल भी होता है, यह सच है। छाती दाहक घृणा से भर उठती है, प्यासी पीड़ा हृदय का रक्त चूसने लगती है—लेकिन यह क्रम हमेशा नहीं चल सकता। कभी-कभी सूर्य भी असीम उदासी से आदमियों को देखता है ; कितना परिश्रम किया है उसने आदमियों के लिए, लेकिन वे कितनी नीच बौने ही बन सके हैं !...

बेशक, बहुत-से अच्छे भी हैं, लेकिन उन्हें मरम्मत चाहिए ; या ज्यादा अच्छा हो कि उन्हें दुबारा पूरा का पूरा ही बना लिया जाए !

... मेरे बाईं ओर की झाड़ियों के ऊपर मुझे काले-काले सिर हिलते दिखाई दे रहे थे ; समुद्री लहरों की आवाज़ और नदी की कलकल के ऊपर बहुत ही हलकी इंसानी आवाज़ें मेरे कानों में पड़ रही थीं। वे 'भूखे' थे। पहले सुखूम में एक सड़क बना चुके थे और अब कोई ज़्यादा अच्छा काम पा सकने की उम्मीद में ओशेमशिरी की ओर जा रहे थे।

मैं उन्हें जानता था। वे ओरेल के रहने वाले थे। मैंने सुखूम में उनके

साथ काम किया था और परसों हमको साथ-साथ पगार मिली थी। मैं सूर्योदय देखने समुद्र-तट पर पहुंचना चाहता था, इसलिए उनसे पहले रात में ही चल पड़ा था।

चार किसान थे और एक नौजवान किसान-औरत जिसके गालों की हड्डियां उभरी हुई थीं। वह गर्भवती थी, और उसका पेट आगे को उठा हुआ था। उसकी नीली-स्लेटी आंखें मानों भय से बाहर निकली पड़ रही थीं। झाड़ियों के ऊपर उसका सिर भी मुझे दिखाई पड़ रहा था, एक पीले रूमाल से ढका, फूले हुए सूर्यमुखी के फूल-सा हवा में झूमता हुआ। सुखूम में उसके पति ने बहुत ज़्यादा फल खा लिए थे और इसी कारण वह मर गया था। मैं इन्हीं लोगों के साथ एक ही झोंपड़ी में रहता था। रूसी आदत के अनुसार वे अपने दुर्भाग्य का रोना इतना ज्यादा और इतनी ज़ोर से रोया करते थे कि आवाज़ कम से कम पांच मील तक तो ज़रूर सुनाई पड़ती होगी।

वे मन्दबुद्धि थे, अत्यन्त दुःखी। दुःख ने ही उन्हें अपनी पुश्तैनी, बंजर धरती से अलग कर दिया था और पतझड़ की पत्तियों की तरह उड़ाकर यहां पहुंचा दिया था। यहां की आश्चर्यजनक, समृद्ध जलवायु ने उन्हें चकित कर दिया, चकाचौंध भर दी उनकी आंखों में। और यहां की बेइन्तहा मेहनत ने आखिरकार उन्हें तोड़कर रख दिया। वे परेशानी से अपनी उदास धुंधली आंखें मुलकाते हुए अपने चारों ओर की चीज़ों को घूरते और बेचारगी से मुसकराते हुए धीमे स्वर में बातें करते :

"ओ... ह... कैसी बढ़िया मिट्टी है !"

"खूब पैदावार होती है !"

"हां-आं-आं... लेकिन फिर भी...बहुत पथरीली है !"

"यह तो मानोगे ही कि मिट्टी उतनी अच्छी नहीं है।"

और तब वे अपने गांवों—कोबिली लोज़क, सुखोईगोन, मोरेंकी–की याद में डूब जाते जहां की चप्पा-चप्पा धरती में उनके पुरखों की मिट्टी दबी पड़ी थी। उस मिट्टी की याद वे करते। वह परिचित मिट्टी उन्हें बहुत प्यारी

थी। अपने पसीने से उन्होंने उसे सींचा था।

उनके साथ एक दूसरी औरत भी थी—लम्बी, सीधी, तख्ते-सी सपाट छातियों, भारी जबड़े और कोयले-सी काली मद्धिम, मुलमुलाती आंखों वाली औरत।

हर शाम, वह पीले रूमाल वाली युवती के साथ झोंपड़ियों के पीछे कुछ दूर जाकर पत्थरों के एक ढेर पर बैठ जाती, और सिर टेढ़ा करके अपनी ठुड्डी को हथेली में रख, ऊंची गुस्सैल आवाज़ में गाने लगती :

गांव के गिरजे के मैदान के पार,
हरी-हरी झाड़ियों के बीच,
पीली बालू पर मैं बिछाऊंगी
अपना शाल इतना सफ़ेद और स्वच्छ
और वहां मैं इन्तज़ार करूंगी...
जब तक मेरा प्रियतम नहीं आएगा...
और जब वह आएगा...
मैं उसका खुले दिल से स्वागत करूंगी...

साधारणत: पीले रूमाल वाली युवती चुपचाप बैठी अपने पेट को देखती रहती ; लेकिन कभी-कभी एकाएक वह भी अपनी भारी, मर्दानी, भुनभुनाहट-सी आवाज़ में विषादमय गीत के शब्दों को गाने लगती :

ओह मेरे प्रियतम...
मेरे बहुत प्यारे प्रियतम...
मेरे भाग्य में नहीं है...
कि तुझे फिर देखूं...

दक्षिण के काले दम घोंटने वाले अंधकार में विलाप के ये स्वर उत्तर के बर्फीले वीराने, चीखती हवाओं और गुर्राते भेड़ियों की याद मेरे दिमाग में ताज़ा कर देते थे।...

फिर काली आंखों वाली औरत को बुखार आ गया और उसे कैन्वस के स्ट्रेचर पर शहर ले जाया गया—रास्ते-भर वह कांपती और कराहती रही, और उसकी कराह ऐसी मालूम पड़ती थी मानो अपना गिरजे के अहाते और बालू वाला गीत वह तब भी गा रही हो। पीले रूमाल वाला सिर एकाएक झाड़ियों के पीछे गायब हो गया।

मैंने अपना नाश्ता समाप्त किया, चाय के डब्बे के शहद को पत्तियों से ढका, अपना सामान का थैला बांधा और धीरे-धीरे उसी तरफ़ चलने लगा जिधर दूसरे गए थे अपनी बेंत की छड़ी से कठोर ज़मीन को ठोंकता हुआ।

और अब मैं पतली, स्लेटी रंग की सड़क पर था। मेरे दाईं ओर गहरा नीला समुद्र था। ऐसा लग रहा था मानो सैकड़ों अदृश्य बढ़ई अपने रन्दों से उसकी सतह को चिकना कर रहे हैं और सफ़ेद छीलन तट पर फड़फड़ा रही है और ताकतवर औरत की सांस की तरह नम, गरम, खुशबूदार हवा उसे उड़ाने की कोशिश कर रही है। सामान से लदा एक तुर्की जहाज़ सुखूम की ओर तिरता जा रहा था और उसके पाल सुखूम के घमंडी सड़क इंजीनियर—बड़ा महत्त्वपूर्ण आदमी था वह—के गालों की तरह 'फूले हुए थे। किसी कारणवश वह हमेशा 'चुप रहो' को 'चूप रहो' और 'शायद' को 'शयद' कहा करता था।

"चूप रहो ! तुम शयद सोचते हो कि तुम मुझसे लड़ सकते हो, पर मैं तुम्हें दो सेकंड में पुलिस-थाना पहुंचा सकता हूं।"

उसे लोगों को पुलिस-थाने ले जाने में बड़ा मज़ा आता था, लेकिन खुशी की बात है कि कब्र में उसके शरीर की हड्डी-हड्डी को अब तक कीड़ों ने खा लिया होगा।... पैदल चलना कितना आसान था ! जैसे हवा में चल रहा था। खुशनुमा विचार, मीठी-चमकीली यादगारें मेरी स्मृति में मधुर संगीत-सी बज रही थीं। मेरी आत्मा की ये आवाज़ें समुद्र की सतह की सफ़ेद लहरों की तरह थीं ; फिर भी अंदर मेरी आत्मा शान्त थी। समुद्र के गर्भ में तैरती रुपहली मछलियों की तरह यौवन की चमकीली, आह्लादपूर्ण आशाएं धीरे-

धीरे तैर रही थीं।

सड़क समुद्र तक जाती थी। सांप की तरह बलखाती वह बलुहे तट तक पहुंचती थी, जहां लहरें टकरा रही थीं—झाड़ियां भी मानो समुद्र के दर्शन करना चाहती थीं और सड़क के दोनों ओर झूम रही थीं, मानो नीले विस्तार को अभिवादन कर रही हों।

पहाड़ की ओर से हवा आ रही थी। बारिश के आसार थे।

... झाड़ियों के बीच एक धीमी कराह—किसी औरत की कराह, जो हमेशा दिल को बेध देती है।

झाड़ियों को अलग करके मैंने देखा। पीले रूमाल वाली औरत अखरोट के तने से पीठ टिकाए बैठी थी; उसका सिर एक कन्धे पर झुक गया था, उसका मुंह बिफर गया था, उसकी आंखें पागलों-सी बाहर निकली पड़ रही थीं। अपने विशाल पेट को वह हाथों से संभाले थी और इतना अप्राकृतिक ढंग से कोशिश करके सांस ले पा रही थी कि पेट रह-रहकर उठता-बैठता था। वह धीरे-धीरे कराहती थी, और हर बार उसके पैने पीले दांत दीख जाते थे।

"क्या बात है ? किसी ने तुम्हें मारा है क्या ?" मैंने झुककर पूछा।

उसने धूल में एक पैर से दूसरे पैर को रगड़ा, जैसे मक्खी अपनी सफाई कर रही हो। फिर अपने भारी सिर को धीरे-धीरे घुमाकर, हांफते हुए वह बोली :

"जाओ यहां से !... तुम्हें शर्म नहीं लगती ?...जाओ, जाओ !... "

मैं समझ गया कि बात क्या है। ऐसा मैंने पहले भी देखा था। फिर भी मैं डर गया और फिर सड़क पर आ गया। लेकिन उसी वक्त औरत खूब ज़ोर से कराही, उसकी उभरी आंखें मानों फट पड़ने को हो आईं, और उसके फूले हुए, लाल गालों पर आंसू बहने लगे।

बरबस मुझे फिर औरत के पास जाना पड़ा। मैंने अपना सामान का थैला, केतली और चाय का बरतन ज़मीन पर फेंककर औरत को चित लिटा दिया और मैं उसके घुटनों पर पैरों को मोड़ने ही वाला था कि

उसने मुझे धक्का दिया, मेरे चेहरे और सीने पर घूसे मारे, और उलटकर हाथ-पैरों के बल सरकती हुई झाड़ियों में घुस गई। वह भालू की तरह गुर्रा रही थी :

"शैतान !... जानवर !... "

उसके हाथ उसका बोझ संभाल न सके। वह गिरी और उसका चेहरा ज़मीन से जा टकराया। वह फिर चीखी। ऐंठते हुए पैरों को सीधा करने की कोशिश करने लगी।

उत्तेजना में सहसा मुझे वह सब याद आया जो इस बारे में मैं जानता था। मैंने उसे फिर चित लिटा दिया और उसके पैरों को मोड़ दिया—गर्भ की बाहरी झिल्ली दिखलाई पड़ने लगी थी।

"चुपचाप लेटी रहो। बाहर आ रहा है !" मैंने उससे कहा।

मैं दौड़कर किनारे आ गया। आस्तीनें मोड़कर हाथ धोए। वापस आया। अब मैं मिडवाइफ बनने को तैयार था।

औरत लपटों में पड़ी चीड़ की छाल की तरह ऐंठ रही थी। ज़मीन पर वह अपने हाथ पटक रही थी। मुरझाई घास को नोचकर वह मुंह में भर लेना चाहती थी, और ऐसा करने में उसके भयानक, अमानवीय ढंग से ऐंठे हुए चेहरे और उसकी उन्मत्त, लाल आंखों में धूल गिर रही थी।... इसी समय झिल्ली फट गई और बच्चे का सिर दिखलाई पड़ा। मैंने उसके ऐंठते-झटकते हुए पैरों को थाम लिया, जिससे बच्चा निकल सके। मैं यह भी देख रहा था कि वह घास न खाए।...

एक-दो बार हम लोगों ने परस्पर गालियां दीं—उसने अपने भिंचे दांतों के बीच से और मैंने धीमे स्वर में; उसने दर्द और शायद शर्म से, और मैंने व्यग्रता तथा उसके प्रति हृदयबेधी दया से।...

"हे भगवान् !... हे भगवान् !... " उसकी चीख़ में भर्राहट थी।

उसके नीले होंठ कट गए थे। मुंह के कोनों पर फेन आ गया था। और उसकी आंखों से, जो सहसा धूप में धूमिल हो गई सी मालूम पड़ने लगीं, मां की असहनीय पीड़ा के आंसू बहने लगे। उसका सारा शरीर तन गया, जैसे

वह दो टुकड़ों में फटा जा रहा हो।

"जाओ... जाओ... तुम... शैतान !"

वह अपने कमज़ोर, उखड़े हुए से हाथों से मुझे बार-बार ठेलती रही। मैंने उससे प्रार्थना की :

"बेवकूफ़ मत बनो ! ज़रा और कोशिश करो। जल्दी ही सब समाप्त हो जाएगा।"

उसके प्रति करुणा से मेरा दिल फटा जा रहा था, मानों उसके आंसू मेरी आंखों में आ पड़े थे, मेरा दिल फट जाएगा। मुझे लगा, मैं चिल्ला पड़ूंगा और मैं चिल्ला पड़ा :

"चलो ! चलो ! जल्दी करो !"

और आश्चर्य—एक नन्हा-सा इंसान मेरे हाथों में था—चुकन्दर-सा लाल। मेरी आंखों से आंसू अविरल बहने लगे, लेकिन आंसुओं के बीच मैंने देखा कि वह छोटा-सा, लाल जीव अभी ही दुनिया से असन्तुष्ट था—वह पैर चला रहा था, रो रहा था और छटपटा रहा था, हालांकि इस समय भी वह अपनी मां से जकड़ा हुआ था। उसकी आंखें नीली थीं, लाल चपटे चेहरे पर नन्ही-सी मज़ेदार नाक मसली हुई सी रक्खी थी और रोने से उसके होंठ हिल रहे थे :

"केंहें-एं—एं !... केंहें-एं-एं !..."

उसका शरीर इतना चिपचिपा था कि मुझे डर लगा—कहीं वह मेरे हाथों से फिसल न जाए। मैं घुटनों के बल बैठकर उसका चेहरा देखने और हंसने लगा—उसे देखने की खुशी से हंसने लगा... और मैं भूल गया कि आगे क्या करना है...

"नाड़ा काट दो !" मां ने फुसफुसाकर कहा।

उसकी आंखें बन्द थीं। उसका चेहरा किसी लाश के चेहरे की तरह रूखा और काला पड़ गया था। वह जब फिर बोली तो उसके नीले होंठ ज़रा-सा फड़ककर ही रह गए :

"अपने चाकू से...काट दो।"

लेकिन किसी ने झोंपड़ी में मेरा चाकू चुरा लिया था—इसलिए मैंने अपने दांतों से नाड़े को काट दिया। बच्चा ओरेल की मद्धिम आवाज़ में चीख़ा। मां के होंठों पर मुस्कान आई। मैंने देखा, मानों किसी चमत्कारवश उसकी आंखें पुनरुज्जीवित हो उठीं, और उनकी अथाह गहराइयों में एक नीली लपट जल उठी। उसका हाथ 'स्कर्ट' पर फिरने लगा मानों वह जेब की तलाश में हो, और उसके कटे-फटे ख़ून से रंगे होंठ हिले।

"मुझमें शक्ति नहीं... मेरी जेब में... थोड़ी सी पट्टी... नाभि... बांध दो।" उसने कहा।

कपड़े की पट्टी तलाश कर मैने बच्चे की नाभि-नाल को बांध दिया। मां और ज़्यादा ख़ुशी से मुस्कराई। यह मुस्कान इतनी उज्ज्वल थी कि मेरी आंखें लगभग चौंधिया गईं।

"तुम सीधे लेट जाओ। मैं तब तक बच्चे को नहलाए लाता हूं।" मैंने कहा।

"संभलकर रहना। मुलायमियत से नहलाना। संभालकर।" वह आतुरता से बुदबुदाई।

लेकिन उसके लाल बौने को मुलायमियत की ज़रूरत न थी। वह अपनी मुट्ठियां हिला-हिलाकर चिल्ला रहा था, मानों मुझे लड़ाई लड़ने की चुनौती दे रहा हो।

"केंहें-एं-एं !... केंहें-एं-एं !... "

"बिलकुल ठीक ! बिलकुल ठीक, मेरे छोटे भाई ! ख़ूब ज़ोर लगाओ। नहीं लगाओगे तो पड़ोसी तुम्हारा सिर चाक कर देंगे।" मैंने उसे आगाह किया।

समुद्र की पहली लहर ने आकर जब हम दोनों को भिगो दिया तो वह बड़ी ज़ोर-से चीख़ा। फिर जब मैं उसके सीने और पीठ को थपकने लगा तो उसने अपनी आंखें खोल दीं। लहरें एक के बाद दूसरी उसके शरीर को साफ़ करती रहीं और वह चीख़ता हुआ हाथ-पांव फटफटाता रहा।

'बहुत खूब, और चिल्लाओ ! पूरी ताकत से चीख़ो ! सबको दिखा दो कि तुम ओरेल के रहने वाले हो।" मैंने उसका हौसला बढ़ाया।

जब मैं उसे उसकी मां के पास ले गया तो पाया कि वह ज़मीन पर पड़ी थी। उसकी आंखें बन्द थीं और प्रसव के बाद के दर्द से वह अपने होंठ काट रही थी। लेकिन उसकी कराह के बीच फुसफुसाहट मुझे सुनाई पड़ी :

"उसे...मुझे...दे दो।"

"थोड़ी देर बाद ले लेना।"

"नहीं... उसे...मुझे...दे दो।"

अपने कांपते हाथों में उसने ब्लाउज़ के बटन खोले। वक्ष खोलने में मैंने उसकी सहायता की और फिर छटपटाते हुए बच्चे को उसके गरम शरीर से चिपका दिया। बच्चा फौरन समझ गया कि अब क्या होगा, और चुप हो गया।

"माता मरियम !" एक लम्बी सांस लेकर मां बोली। उसका कमज़ोर सिर सामान के थैले पर इधर-उधर लुढ़क रहा था।

सहसा वह धीमी आवाज़ में चीख़ी, फिर खामोश हो गई, और तब उसने अपनी वर्णनातीत सुन्दर आंखें खोल दीं—अभी-अभी एक बच्चे को जन्म देने वाली मां की पवित्र आंखें। वे नीली थीं और नीले आसमान को ही देख रही थीं। एक कृतज्ञ, आह्लादपूर्ण मुस्कान उनमें रह-रहकर चमकती और गायब हो जाती थी। अपना थका हुआ हाथ उठाकर मां ने अपने ऊपर और फिर बच्चे पर 'क्रॉस' का निशान बनाया...

"शुक्रिया, माता मरियम, शुक्रिया..."

उसकी आंखों की रोशनी फिर बुझ गई। उसका चेहरा फिर रूखा पड़ गया। काफी देर तक वह चुपचाप पड़ी रही। उसकी सांस बहुत धीमी चल रही थी। लेकिन सहसा उसने दृढ़, दुनियाबी स्वर में कहा :

"लड़के, मेरा थैला खोल तो।"

मैंने थैला खोल दिया। उसने घूरकर मुझे देखा। हल्के-से मुस्कराई।

और शायद उसके पिचके गालों तथा पसीने से तर भौंहों पर हलकी शर्म दौड़ गई।

"ज़रा यहां से हट जाओ।" उसने कहा।

"देखो, अपने को ज़्यादा परेशान न करो।" मैंने उसे आगाह किया।

"अच्छा...अच्छा...जाओ यहां से।"

मैं पास की झाड़ियों में चला गया। मुझे बड़ी थकान महसूस हो रही थी और लग रहा था कि खूबसूरत चिड़ियां मेरे हृदय में मीठे-मीठे गा रही हैं—और समुद्र की निरन्तर धीमी आवाज़ से मिलकर वह गुनगुनाहट इतनी भली लग रही थी कि मैं साल-भर तक उसे सुनने को तैयार था।...

कहीं पास ही एक नाला बह रहा था—जैसे कोई लड़की अपनी मित्र से अपने प्रेमी के बारे में बता रही हो।...

झाड़ियों से ऊपर एक सिर उठा, पीला रूमाल हमेशा की तरह बंधा हुआ था।

"अरे, यह क्या ? तुम इतनी जल्दी क्यों उठकर खड़ी हो गईं ?" मैं आश्चर्य से चीख़ पड़ा।

और वह ज़मीन पर बैठ गई, शाखों का सहारा लेकर। उसकी सारी शक्ति समाप्त हो गई, मालूम पड़ रही थी। उसके राख के रंग वाले चेहरे पर, आंखों के अलावा, जो विशाल नीले तालाब-सी लग रही थीं, ज़रा भी रंगत बाकी न थी। बड़ी मुलायमियत से मुस्कराकर वह फुसफुसाई :

"देखो—वह सो गया है।"

हां, वह सो तो ज़रूर गया था, लेकिन जहां तक मैं देख सकता था किसी और बच्चे से ज़रा भी भिन्न न था; अगर कहीं भिन्नता थी तो वातावरण में। वह एक झाड़ी के नीचे, पतझड़ की चमकीली पत्तियों के एक ढेर पर पड़ा था और ऐसी पत्तियां ओरेल गुबेरनिया नहीं होतीं।

"तुम थोड़ी देर आराम कर लो, मां !" मैंने कहा।

"नहीं," उसने कमज़ोरी से सिर हिलाते हुए उत्तर दिया, "मुझे अपना सामान समेटकर उस शहर में पहुंचना है... क्या नाम है उसका ?"

"ओशेमशिरी ?"

"हां, वही ! मेरा ख्याल है कि मेरे साथी कई मील आगे पहुंच गए होंगे।"

"लेकिन तुम पैदल चल सकोगी ?"

"और माता मरियम ? वह मेरी मदद नहीं करेंगी ?"

अब मैं क्या कह सकता था ? वह तो माता मरियम के साथ जा रही थी !

वह बच्चे के नन्हें-से, झुर्रीदार, असन्तुष्ट चेहरे को देखने लगी और उसकी आंखों से कोमलता की गरम किरणें निकलने लगीं। उसने अपने होंठ चाटे और हलके-हलके वक्ष थपथपाया।

मैंने आग जलाकर, उसके आसपास पत्थर रखे। पत्थरों पर केतली रखनी थी।

"एक मिनट में मैं तुम्हारे लिए चाय बनाता हूं, मां।" मैंने कहा।

"ओह ! बड़ा अच्छा होगा।... मेरा दूध सूख गया लगता है।" उसने जवाब दिया।

"तुम्हारे साथी तुम्हें छोड़ गए हैं ?"

"नहीं तो ! क्यों छोड़ते मुझे ? मैं खुद पीछे रह गई। उन्होंने थोड़ी-सी पी रखी थी।... और अच्छा ही हुआ। अगर वे सब भी यहीं होते तो मैं क्या कर पाती ?... "

उसने एक दृष्टि मुझ पर डाली, अपनी बांह से चेहरा ढककर थूका तो उसमें खून मिला था। तब वह शर्माती हुई भुस्कराई।

"यह तुम्हारा पहला बच्चा है ?" मैंने पूछा।

"हां, पहला... तुम कौन हो ?"

"लगता तो यही है, कि मैं पुरुष हूं।"

"हां, पुरुष तो हो ! शादीशुदा हो ?"

"इतनी इज़्ज़त अभी तक नहीं बख्शी गई।"

"तुम बातें बना रहे हो, है न ?"

"नहीं, बातें क्यों बनाऊंगा ?"

वह आंखें नीचे करके सोचने लगी। तब उसने पूछा :

"फिर तुम औरतों के इस काम के बारे में कैसे जानते हो ?"

अब मैंने बात बनाई। मैंने कहा :

"मैंने इसके बारे में पढ़ा है। मैं विद्यार्थी हूं। तुम जानती हो विद्यार्थी किसे कहते हैं ?"

"बेशक, जानती हूं। हमारे पादरी का सबसे बड़ा लड़का विद्यार्थी है। वह पादरी बनने की विद्या पढ रहा है।..."

"हां, मैं भी वैसा ही विद्यार्थी हूं। अच्छा, मैं जाकर केतली भर लाऊं।"

औरत अपना सिर झुकाकर सुनने लगी कि बच्चा सांस ले रहा है या नहीं। फिर वह समुद्र की दिशा में देखकर बोली :

"मैं नहाना चाहती हूं, लेकिन पानी कैसा है मुझे पता नहीं।... अजीब पानी है। नमकीन भी और कड़ुवा भी।"

"नहीं, पानी स्वास्थ्यकर है। तुम जाकर नहा आओ।"

"क्या ?"

"मैं तुम्हें सचाई बता रहा हूं। और वह नाले के पानी से ज्यादा गरम है। यहां नाले का पानी बर्फ़-सा ठंडा है।"

"शायद तुम ठीक ही कहते हो।"

गन्दा, भेड़ की खाल का हैट पहने हुए एक अबरवाज़ी का निवासी अपने घोड़े पर सवार धीरे-धीरे चलता हुआ हमारे पास से आगे बढ़ गया। उसका सिर सीने पर झुका था। वह ऊंघ रहा था। उसके छोटे-से मरियल टट्टू ने कान खड़े करके अपनी गोल काली आंखों की प्रश्नवाचक दृष्टि से हमें देखा और नथुने फड़फड़ाए। सवार ने एक झटके से सिर ऊपर उठाया, हमारी तरफ़ देखा, और फिर सिर लटका लिया।

"यहां के आदमी बड़े विचित्र होते हैं। और कितने भयानक मालूम पड़ते हैं !" ओरेल की औरत ने धीमे स्वर में कहा।

मैं नाले के पास गया। पारे की तरह चमकीला और चंचल उसका पानी पत्थरों से टकराता आवाज़ें पैदा करता बह रहा था और पतझड़ की पत्तियां मानो प्रसन्नतापूर्वक उसमें गिरती जा रही थीं। बहुत ख़ूब दृश्य था ! मैंने हाथ-मुंह धोया और केतली भरी, पीछे की झाड़ियों के बीच से मैंने देखा कि औरत हाथ-पैरों के बल सरक रही है, पत्थरों पर भी, और आतुरतापूर्वक पीछे देखती जा रही है।

"क्या बात है ?" मैंने पूछा।

औरत मानो डरकर रुक गई, उसका चेहरा राख के से रंग का हो गया और उसने कोई चीज़ अपने शरीर में छिपाने की कोशिश की। मैं समझ गया कि वह चीज़ क्या है।

"लाओ मुझे दो। मैं गाड़ दूंगा।" मैंने कहा।

"ओह, तुम कैसी बातें कर रहे हो ! इसे तो गुसलखाने में फ़र्श के नीचे गाड़ना है।..."

"तुम्हारा ख्याल है कि जल्दी ही यहां गुसलखाना बनवा दिया जाएगा ?"

"तुम्हें मज़ाक़ सूझ रहा है और मैं डर के मारे मरी जा रही हूं ! मान लो किसी जानवर का बच्चा इसे खा ले... फिर भी, इसे गाड़ना तो है ही..."

इतना कहकर उसने अपना सिर झुका लिया और एक भारी, गीला बंडल मुझे देते हुए, शर्म और अनुरोध से भरे स्वर में कहा :

"ठीक से गाड़ दोगे न ? यीशु के लिए... और मेरे बच्चे के लिए ... खूब गहराई में गाड़ना इसे। गाड़ दोगे न ?"

... जब मैं लौटा तो मैंने देखा कि हाथ फैलाए, लड़खड़ाते कदमों, वह समुद्र की ओर से चली आ रही है। उसका स्कर्ट कमर तक गीला था। उसके चेहरे पर हलका-सा रंग आ गया था और वह किसी भीतरी प्रकाश से चमकता हुआ मालूम पड़ रहा था। मैंने सहारा देकर इसे आग के पास तक पहुंचाया। इस समय मैं सोच रहा था :

"इसमें बैल के बराबर ताकत है !"

बाद में, जब शहद मिली चाय पी रहे थे, उसने मुझसे पूछा :

"तुम अब बाइबल नहीं पढ़ते ?"

"हां"

"क्यों ? शराब पीने लगे ?"

"हां, मां ! मैं पतित हो गया।"

"बड़ा अच्छा किया ! लेकिन तुम्हारी सूरत मुझे याद है। सुखूम में भोजन के किस्से को लेकर जब तुम मालिक से लड़े थे, मैंने तुम्हें देखा था। तब मैंने सोचा था, यह आदमी ज़रूर शराबी है। इसे किसी से डर नहीं लगता..."

अपने फूले हुए होंठों से शहद चाटते हुए वह बार-बार अपनी नीली आंखें झाड़ी की ओर घुमा देती थी, जहां नवीनतम ओरेलवासी शान्तिपूर्वक सो रहा था।

"कैसे जिएगा वह ?" एक लम्बी सांस लेकर मां ने मेरी ओर देखते हुए कहा, "तुमने मेरी मदद की। मैं तुम्हारी शुक्रगुज़ार हूं।... लेकिन नहीं जानती... क्या ज़िन्दगी उसके लिए खुशगवार होगी ?"

खाना खाकर उसने अपने सीने के सामने 'क्रास' बनाया। मैं अपना सामान बटोरने लगा। वह धीरे-धीरे अपना शरीर हिलाते हुए बैठी, अपनी पुनः बुझी-बुझी-सी आंखों से ज़मीन को ताकती रही। वह किसी ख्याल में डूब गई थी। ज़रा देर बाद वह उठ खड़ी हुई।

"तुम सचमुच चल रही हो ?" मैंने पूछा।

"हां।"

"अपनी रक्षा करना, मां।"

"और माता मरियम ?... बच्चे को उठाकर मुझे दे दो।"

"मैं ले चलता हूं।"

इस पर थोड़े विवाद के बाद उसने मेरी बात मान ली। हम साथ-साथ, कंधे से कंधा लगाए, चल पड़े।

रूस का बाशिन्दा, अज्ञात भविष्य का आदमी मेरी बाहों में पड़ा गहरी नींद में सो रहा था। समुद्र की लहरों पर बेशुमार झाग था और वे किनारे से टकराकर हहरा रही थीं। झाड़ियों में आपस में गुपचुप बातें हो रही थीं। ढलान की ओर बढ़ता सूर्य चमक रहा था।

हम धीरे-धीरे चलते रहे। मां कभी-कभी रुक जाती, एक गहरी सांस लेती, और सिर मोड़कर समुद्र को, जंगल को, पहाड़ों को और तब अपने बच्चे के चेहरे को देखती—पीड़ा के आंसुओं से धुली उसकी आंखें अब फिर आश्चर्यजनक रूप से स्वच्छ थीं, फिर उनमें असीम प्यार की नीली रोशनी की चमक थी।

एक बार रुककर वह बोली :

"मेरे अच्छे परमात्मा ! कितना अच्छा है यह सब ! कितना अच्छा ! काश, मैं लगातार इसी तरह चलती रह सकती, हर समय, दुनिया के छोर तक और मेरा बच्चा अपनी मां के दूध के साये में बढ़ पाता, स्वतन्त्रतापूर्वक विकसित हो पाता, मेरा प्यारा बेटा... "

समुद्र हहरा रहा था... हहरा रहा था...

●●●